JN108124

HOTEI SABUROU
布袋三郎
イラスト イシバシヨウスケ

異世界領地改革
〜土魔法で始める公共事業〜

プロローグ

暗いオフィスの中にPCキーボードのカチャカチャという入力音だけが響いている。

「ふう、終わったー」

土田道雄（三五歳）が今週分の請求書処理を一人土曜出勤をして行っていた。

「もう、二〇時か……もう少し、やっておきたいけど……一区切りしたし月曜日に早目に出勤してやるから今日は帰ろう」

作業内容を保存し、PCをシャットダウンした。席を立ちあがると彼の席の周りだけ明るく、それ以外は暗いオフィスを見渡し、もう一度深いため息をついた。

「いつも、俺だけこんな事をしている気がする……前は、土日にはRPGゲームを徹夜で遊んでいたけど、しばらくゲーム機の電源すら入れていない……。いやいや、今日は、考えるのはやめよう！帰りにプレミアムビールを買って、明日は夕方まで寝よう！」

考え始めるとブラックになっていく思考を、プレミアムビールというご褒美を思い浮かべ、プラス思考に変えていく。

オフィスを出ると土曜日の二〇時過ぎということもあり、まだまだ人通りがある駅までの道を、薄いコートの前を閉じ首をすぼめて早足で歩き始めた。

――プレミアムビール♪　プレミアムビール♪

道雄の頭の中は、プレミアムビールの事でいっぱいになっていた。

「やめて！　誰か、誰か、誰か助けてー!!」

駅前の広場に差しかかった時、道雄の左前方から、女性の必死な叫び声が聞こえてきた。

道雄は、声の聞こえた方向に首だけ向ける。そこには隈取りのような化粧をした、長髪の男が嫌らしい笑みを浮かべながら、八歳くらいの女の子の首を左手で捕まえ、右手に刃渡り二〇cm位の包丁を握っていた。

叫び声を上げた女性は、「やめてー！」「あなたは誰？　愛ちゃんを離してっ！」と男の注意を引き付けようとしていた。

——えっ、やばくねぇ⁉

道雄は、その様子を見ながら周りを見渡すが周りの人々も遠巻きに見ているだけか、足早に通り過ぎていく。

——警察は何をしているんだ？

駅前の交番まで警官を呼びに行く人の姿が見えるが、警官が来るまでにはもう少し時間がかかりそうだ。

男はというと、濁った眼をしたまま、変なことをぶつぶつとつぶやきながら女の子を捕まえている。

「あと、三分で俺は、異世界に行ける。メリガス様にこの子を捧げます！　俺を、俺をあなたの世界へ転移させてください」

男の息遣いが荒くなる。

——やばい、やばい、やばい、悪寒がする。あいつ本気だ！

道雄は、昔からこの悪寒がすると悪い事に遭う。その悪寒がする度に行動を変えたりしていた。つい最近では、交差点で悪寒を感じ、急いで交差点を離れた瞬間、今まで道雄が立っていた場所にトラックが突っ込んできた事があった。

――早く離れないと……でも、あの子が。まだ、警官は来ないのか?!

交番のほうを見るが、運悪く警官はいなかったらしく交番の前で右往左往している人々が見えた。

「あと、一分だ!」

――やばい。そう、道雄が思った瞬間、道雄は男に向かって体当たりをしていた。

少しメタボ体形の道雄の体当たりは、思ったより効果があり女の子も一緒に倒れてしまった。

男から女の子を離すことはできたが、女の子も一緒に倒れてしまったため、逃げ出す事ができていない。

男は、すぐに立ち上がり女の子に近づいていく。

「時間だぁぁぁー、これで俺は自由になれるぅぅぅっ!」

男は倒れている女の子に向かって、包丁を振り上げながら再度近づいていく。

「やめろーっ!!」

必死に道雄は、女の子に覆いかぶさった。

ドスッ――鈍い衝撃の後、背中に激しい痛みを感じた。

「邪魔を、するな!」

男は、道雄の上から女の子に向かって再度包丁を振り下ろす。

バタバタと数人の走ってくる足音が聞こえる。

ドスッ――今度は腰のあたりに衝撃を感じた。痛みが麻痺しているのか先ほど以上の痛みはなかった。

「離せー、メリガス様に、メリガス様に」

数人の男達の「おとなしくしろ、暴れるな」といった声が聞こえてきた。

どうやらようやく警官が男を取り押さえたらしい。

「愛ちゃん！」

女性が俺の下にいる女の子を、引っ張り出す。

「ありがとうございます、ありがとうございます」

女性の声が聞こえると段々意識が遠のいていく。

「ありがとう、本当にありがとう」

母親とは別の声が聞こえた。そこで道雄の意識は途切れた。

1章
目覚めれば異世界

――ありがとう。

また、あの声が聞こえる。

「カイン、カイン、しっかりして、目を覚まして」

「坊ちゃま、気を確かに」

「カインがんばれっ」

耳元で誰かを励まし、呼ぶ声が聞こえる。

段々と意識が覚醒してきた。

「ああっ、カインが目を覚ました！」

「旦那様に早く連絡を！」

誰かが扉を開けて走っていく足音が聞こえる。

金髪ロングヘアーの三〇代半ばの女性が俺を見ていた。

「お母さま、どうしたのですか？　ここは？」

――お母さま？　なぜ俺はこの女性を「お母さま」と呼んだ？

「ああっ……」

急に、ものすごい頭痛と、同時に頭に大量の情報が流れ込んできた。

頭を手で抱えながら、ベッドの上でのたうち回る。

「カイン、カイン、しっかりして！」

俺は、意識が遠くなる中で自分が、サンローゼ子爵の四男、カイン＝サンローゼ五歳である事。父は、ルーク＝サンローゼ、母は第二夫人で、リノール＝サンローゼ。この女性は、第一夫人でリディア＝サンローゼであることなどを思い出しながらまた意識を失った。


それから、二週間が過ぎた。

あの日俺は階段から落ち、死にかけたらしい。目を覚ました後、俺はカインとしての五歳までの記憶を思い出していた。その中で母親のリノール＝サンローゼは病で一年前に亡くなっている事を再認識し悲しくて泣いた。そして、息を引き取る直前に母親のリノールから何かを貰った事も思い出した。

しかし、あれはなんだったのか？　どこへ行ってしまったのか？　未だにわからない。

ちなみに、第一夫人のリディアは母リノール亡き後、俺を本当の子供のように育ててくれている。後から聞いた話では、産後体調が回復しなかった、母リノールに代わり俺に母乳を飲ませて育ててくれたらしい。小さすぎて記憶がなかったがカインは、本当の母親のように慕っている。

「リディア母さま、もう一人で食べれますから」

「まだ、全回復していないのですから、駄目です。大人しくしていなさい」

有無を言わさない笑顔で、パン粥をスプーンで食べさせてくる。カインとしては、アーンは大分恥ずかしかったが、大人しく食べた。

「しかし、カインは目覚めてから少し、性格が大人しくなりましたね。もう少し甘えん坊だったのに？」

「そっ、そうですか？」

――やばい、道雄の記憶があるからよそよそしかったか？

「母さま～」

俺は、とっさに、ごまかすためリディア母さまに抱き着いた。ぽよんっ！　想像以上に胸部装甲があった。役得だけど恥ずかしい（汗）。

「あらあら、甘えんぼさんねぇ～」

リディアは、やさしく抱きしめてくれた。

そんな事をしていると、部屋の扉が開き明るい茶色の髪の八歳くらいの女の子が顔を出す。

「リディアお母様、もう入ってもいいですか？」

「アリス、ノックをして返事があってから扉を開けなさい。いつも言ってるでしょう。まあ、今日はしょうがないですね。入りなさい」

そうすると、女の子がベッドに近づいてくる。

「カイン、大丈夫？　おねえちゃんが熱がないか見てあげる　あれ？」

アリスはベッドに上がり込み、手のひらで熱を測ろうとする。小さい子どもほど体温が高いと言われているため、カインの体温を低く感じたアリスは不思議な顔をしている。

カインには、三人の兄と一人の姉がいる。兄達はリディアの子供で、三歳年上のアリスとカインは、リノールの子供だった。リノール亡き後は、リディアが全員を分け隔てなく育てている。

「アリス姉さまの手、冷たくて気持ちぃ～」

俺が子供らしい感想を言うとアリスは、嬉しそうな顔をして笑った。

「お前達、いつまでもそうしているとカインが休めないだろう」

と言いながら扉を開けて一人の男性が部屋に入ってきた。

「お父さまっ」

カインの父であるルーク＝サンローゼが笑顔で部屋に入ってきた。

「あなたっ、今日の執務は終わったのですか？　執務の進みが最近悪いとランドルフが申してましたよ」

リディアに小言を言われ渋い顔をする父ルークであった。ちなみにランドルフとはサンローゼ家の家宰で五〇歳近い。カインも廊下を走ったりしているのを見つかるとよく怒られたりしている。

「少しくらい大丈夫だ。それにランドルフからも良いと言われてから来た」

ルークは、そう言いながらベッドに近づいてきてカインの顔色を確認した。

「おお、大分顔色が良くなったな。これなら来週の洗礼の儀は大丈夫そうだな」

顎を少しなでながら、少し安心した顔をする。

「そんなに、急がなくても良いのではないですか？」

リディアがルークへ少し口調を強めて言う。

「体調が悪そうであれば、延期しようと思ったが。大丈夫そうではないか。それに司教様に見ていただける事などそうないのだ。カインの為でもあるしわかってほしい」

「わかりました、私も一緒に同行させていただけるのであれば」

ルークは、少し考えため息と一緒に「わかった」と言った。

一週間後、カインはルークとリディア、そしてアリスと馬車に乗って教会に向かっている。カインの住んでいる領都は、子爵領にしては小さい、人口約五千人の城壁で囲まれた街である。大体平均して子爵領だと人口一万人を超えるので約半分の規模である。

この世界では、五歳になると〝洗礼の儀式〟を行い神様から必ず一つは、スキルを授かる。授かったスキルから今後の人生の方向性を決めるのが一般的だ。スキルがなくとも長い間、訓練などを行えばスキルを身につける事は可能なので、剣のスキルを授かった者が、魔法の勉強をしても魔法を使用できる。しかしスキルが身につくまでとても長い時間がかかるため、洗礼時に一人一人の適性を確認するのだ。

道雄の記憶があるカインとしては、五歳で人生がほぼ決まる事にすごくびっくりした。命の価値が低く、子供の死亡率が高い為、平均寿命が五五歳くらいのこの世界では、しょうがないのかもしれない。

スキルを授かると、ステータスも見れるようになるらしい。カインは早く異世界転生のお約束「ステータスオープン」と言ってみたくて昨夜はなかなか眠れなかった。

ちなみに、ルークが司教様がいる時の〝洗礼の儀〟にこだわったのは、位の高い司教様に洗礼を行ってもらったほうがより多くのスキルを授けてもらえると考えられているからである。

神様が授けるのに、変な話だとカインは思った。

馬車が止まると、白い尖った屋根の建物の前だった。馬車から降りるとこの教会の司祭様が出迎えてくれた。

「御領主様、本日はご足労いただきありがとうございます」

と深々とルークに頭を下げる。

「この子がカインだ。よろしく頼む」

と言いながら、ルークは結構な重さであることがわかる革袋を司祭に渡した。

司祭は、恭しく革袋を受け取ると教会内へ領主一家を案内した。教会の中は、天窓がありほどよく明るかった。前室で、リディアとアリスは待つように言われる。

「良いスキルを授かる事を祈ってますよ」

「カイン頑張ってね」

心配そうなリディアとアリスに見送られながら、ルークとカインは司祭に続き、重厚そうな内扉を開けた。部屋の中央には六〇歳くらいの女性の司教様が立っていた。女司教様は、カインを笑顔で見つめると、言った。

「御領主様、ご子息カイン様。本日は良くお越しくださいました。私は、司教のシスティーナと申します。早速〝洗礼の儀〟を始めたいと思いますのでカイン様はこちらまで」

女司教様は、カインに両手を差し出す。

カインが女司祭様に近付き手を握ると、カインに目を閉じるように言ってから祈りを捧げ始める。

ほどなくしてカインは陽射しが当たったように周りが温かくなったのを感じた。

――よく来ましたね。

転生する時に聞いた、女性の声が聞こえた。

目を開けるとそこは白い空間だった。目の前には、やさしく微笑む美しい女性が立っていてカインは一目で女神様と理解した。

「ここは、どこでしょうか？」

カインは自分で言っていても、かなり間抜けな質問をしてしまったと思いつつ声に出してしまった。

「変ではないですよ、ここは所謂、神界です。あなたに一言お礼を言いたくて呼んでしまいました。私は女神ガーディアといいます」

女神ガーディア様⁉　この世界の神様の一柱で大地をつかさどる女神様のはず。

「良く勉強をしていますね。カインがいた地球では大地母神ガイヤと言われていました」

「カイン、あなたは地球での最期の時を覚えていますか？」

少しうつむき加減で女神様は聞いてきた。

「確か、女の子を守って死んだのだと……」

時間が経ったせいなのか、きつい記憶が薄れ始めていた。

「あの時は、本当にありがとうございました。あの子は私の孫が依り代としていた子でした。守っていただかなければ、大変な事になっていました。本当にありがとう」

そう言いながら女神様は、カインの手を握った。

「無事で何よりでした、でも女神様のお孫様でしたら女神様のお力でなんとかできたのではないですか？」

ふと、不思議に思い質問した。

「可能か、不可能かで言うと、可能でした。しかし私が手を加えてしまうと地球を始め、この世界にも歪みが発生してしまうところでした。なので、孫の命と世界の二つを守ってもらい感謝しています」

「いえいえ、自分の命が世界の役に立てたと知れてとても嬉しいです。生きてきた意味があったとわかっただけで、何も言うことありません」

この異世界で目覚めてからも、地球の両親の事を度々思い出し、少し後悔していたカインだが役に立てた事を嬉しく思った。

「では、そろそろもう一つの仕事をしましょう」

女神様は、そう言いながら自分の前にタブレットのような画面を表示し操作をし始めた。

「ステータス：カイン＝サンローゼ」

女神様が唱えると、画面にはカイン＝サンローゼの文字といくつかのステータスが見えた。

「あなたは、すでにスキルを持っていますすね。そうですか、母親のスキルを継承したのですね」

「えっ、どういうことですか？」

「覚えていませんか、母親のリノールがなくなる時に何かが移ってきた記憶がありませんか？」

カインは、あの日の記憶を思い出す。

「確かに、リノール母さまの最期の時に握っていた手が光ったような？？？」

「そうです、リノールから【回復魔法】のスキルを継承していますよ」

女神様は、タブレットを見ながら説明をしてくれた。

カインは、リノールを思い出しながら感謝をした。

「それでは、あなたにお礼を込めて三つのスキルを授けたいと思います。ルーレットのボタンを押してください」

目の前に〝START〟と書かれたボタンが表示された。

「えっ、選べたりしないのですか？　異世界転生物だと普通チートなスキルを選べたりするのですが」

カインは、焦りながら女神様に訴えた。

「以前は、選んでもらったりもしたのですが、世界のバランスを崩しかねないスキルを選んだ転生者がいてランダムにしたのです」

女神様は、少し申し訳なさそうな表情で説明をしてきた。

「その代わり、三つにさせていただいたのでご理解ください」

そんな裏話があるとはと思い、カインはあきらめて目の前の〝START〟ボタンを押した。

ルーレットのような画面が現れ三つの文字が表示された。
・土魔法
・魔力量無限
・魔法陣魔法

「なんだこれ？」

カインは表示されているスキルを見て愕然とした。

異世界転生すると、無限アイテムボックスとか、全属性魔法とか、錬金術とかで無双がテンプレなんじゃ。戦闘系でもなく、攻撃魔法系でもなく、生産系でもなく、これはちょっと苦労しそうだ。

【魔力量無限】があるし工夫すればなんとかなるかな。

「幸運値があまり高くなかったようですね」

女神様もたらりと汗を流している。おもむろに女神様は手を叩くと、

「そうだ、このままでは心配なので私の加護を授けます。私は大地の女神なので土魔法に補正もかかりますしね。ああっ、そろそろ戻らないと」

女神様は急に慌て始めると、カインの額に二本指で触れる、するとガーディア様の指から力が流れ込んできた。

「これで良しとっ」

女神様のタブレットに〝ガーディアの加護（小）〟と追加されていた。

「加護を授けましたので、頻繁には難しいですが教会で祈りを捧げてもらえばあなたのことを見つけられます。たまには近況の報告とかしてくださいね。これからの人生が幸多からん事を」

女神様が言うと、辺りが暗くなりカインは穴に落ちるような浮遊感を感じた。

「おおっ、スキルが三つも!!」

女司教様の声が聞こえた。カインが目を開けるとそこは、元の教会の中だった。

そして、女司教様はある文字を見つけ声を失うのであった。

「カインは、どんなスキルを授かったのだ？」

ルークが女司教様に静かに尋ねる。女司教様は、カインを見て頷き一つずつ読み上げた。

一．土魔法
二．魔法陣魔法
三．回復魔法（継承）

「そ、そうか、リノールがカインに回復魔法を継承させたのか」

少し涙ぐむルーク。

カインはそれを聞いて「あれ？」と思った。魔力量無限のスキルはどこへ？

カインが首を傾げている姿を見ながら、女司教様は「それと」と続け、

「女神ガーディア様の加護を授かっています」

「どういうことですか？　通常は教会に所属しないと加護は授からないと言われていたはず!!」

ルークは、慌てて顔を上げ女司教様を問いただした。

「お静かに願います。そもそも、スキルの継承もかなりレアケースなのです。もしかしたらそれに関連があるのかもしれません。しかし……」

女司教様は、考え込みながら深いため息をつく。

カインは不思議に思いながら、ルークと女司教様を交互に見た。

ルークは少し考え、静かな声で言う。

「加護の件は、カインが成人するまで私に預からせてもらいたい」

「畏まりました。カイン様が成人されるまでこの事は黙っておきます。その代わり……」

「わかっております、必要な分の援助をお約束します。こちらも保障として契約の儀を行ってもらう」

　ふうっと一息ついて、女司教様は「畏まりました」と言った。

　その後、中央に『カインに女神ガーディアの加護がある事をカインが成人するまで他言しない事』を明記した羊皮紙を置き、ルーク、カイン、女司教様で手を繋ぎ輪になる。女司教様が何かを唱えると羊皮紙が光り丸くなり閉じられる。同時に光が三人の体に入っていった。

「カイン、先ほども言ったように女神ガーディア様の加護を授かった事は成人するまで他言無用だ。お前はまだ幼いため、話そうとすると頭痛がするようにしてもらったから気を付けるように」

　ルークは、カインの両肩を掴み、まっすぐ目を見ながら言ってきた。

　カインは、大丈夫ですよと思いながら魔力量無限のスキルがある事を女司教様が言わなかった事を気にしていた。ルークは、羊皮紙を女司教様から受け取りカインを連れて扉を開けた。

　カインは部屋を出るとすぐに「ステータス・オープン」と唱えた。

「これは？」

　カインの前にタブレットサイズの画面が出現している。そこにはカインの名前とステータスが表示されていた。

～～

名　前：カイン＝サンローゼ

年　齢：5

レベル：1

称　号：なし（地球からの転生者土田道雄）

体　力：5

魔　力：1800（∞）

筋　力：5

耐　久：5

敏　捷：5

器　用：5

知　力：60

幸　運：8

スキル：【土魔法：レベル1】、【魔法陣魔法：レベル1】、【回復魔法：レベル1】、【魔力量無限】

（偽装：成人まで非表示にします　ガーディア）

加　護：女神ガーディアの加護（小）

～～

「なんだ、このショボいステータスは？　体力：5って直ぐ死んじゃうじゃないか!!　でも、五歳児のステータスってこんなものなのか？　かなり気をつけて生活しないと危ないな」

カインは、ぶつぶつとつぶやきながらルークの後に続き部屋を出た。

「あなた、カインのスキルはどうでした？　どんなスキルを授かったのです？」

「カインのスキルは、何個あったの？」

リディアとアリスがルークに詰め寄る。

「授かったのは、二つ。【土魔法】と【魔法陣魔法】だ。それと、リノールから【回復魔法】を継承していた」

ルークは、加護のことはおくびにも出さずに二人に説明する。

「三つもスキルがあるなんて、カイン良かったね。やっぱり、カインもリノール母様からスキル貰ってたんだね」

アリスが満面の笑みを浮かべながらカインに抱き着いた。

――んっ？　アリス姉さんもリノール母さまからスキル継承をしている？

ステータス表示から顔を上げてカインはアリスを見た。ちなみに、自分のステータス表示は意識して見せようとしないと他人には見えないとの事。

「【土魔法】はわかるけど【魔法陣魔法】って何かしら？」

リディアがルークに質問をする。

「さっぱりわからん。今度ベンジャミンに手紙を書いて調べてもらおう。しかし、【土魔法】か……」

ルークが渋い顔をする。

「今悩んでもしょうがないわ。屋敷に帰ってゆっくり話し合いましょう」

リディアは、微笑みながらルークの背中に手を回し出口に向かって歩き出す。

「そうだ、カイン」

ルークは思い出したように、カインに向かって話し始める。

「『ステータス・オープン』と思うと目に前にボードが現れる。それがステータスボードだ。それは、他人にも見せられるが基本家族でも見せてはいけないし、見ようとするのもマナー違反だ。覚えておくといい」

「なぜです？」

——ステータスを把握するのは、パーティプレイの基本なのに、と思いながらルークに質問をする。

「それは、表示されるステータスボードの内容でその人の強さや弱点がわかってしまうからだ。その情報を知られる事は、自分のみならず周りを危険にさらす事になる」

「良くわかりません。仲間の情報を知っている事は強みになると思うのですが」

カインは、納得がいかず尋ねた。

「ふむ。五歳なのに、仲間なんて難しい事を言うな。まあいい、カインの思っている通り仲間の情報を知っていると強みにもなるが、弱みにもなる。だいぶ前の話だが王族の護衛を務めていた者がいた。護衛は数名で行うため、ステータスボードの情報を護衛仲間と共有をしていた。その情報が敵対者に漏れ王族を危険にさらす事件があり、それ以後、他人へステータスボードの内容を見せない慣習ができたのだ」

ルークはカインに諭すように説明をした。

「だから、基本的に見せてはいけない。もう少し大きくなってステータスボードを見せることによるリスクを判断できるようになったら、相手を選んで見せるのであればよいぞ」

「はい！」

とカインは元気に返事をするのであった。

四人は、馬車に乗り屋敷へ戻った。

カインは馬車を降りはやる気持ちを抑えながら自室に戻り、ベッドの上に座ってステータスボードを調べ始めた。

——まずは、【魔法陣魔法】だな。大体テンプレだとステータスボードを触ったりすると説明文が出てきたりするはずなんだけど。

自分の考えが正しいか、確かめるようにステータスボードの【魔法陣魔法】の文字を触った。

〝スカッ〟

指がステータスボードを通り抜けてしまった。

——おおっと、このステータスボードは見るだけで触れないタイプか。そうすると、声に出してかな？

「【魔法陣魔法】を説明して？」

——何も起きないし、表示されない……恥ずかしい。

うーん、念ずるかな？　それだったら声に出しても表示されるはず。うーん。

カインはステータスボードを表示したまま、しばらく考えていた。

ステータスボードを隅々まで見回す。

「うん？　これは、カーソルか？」

ステータスボードの右上の角にお馴染みの白い矢印マークがあった。

「それらしい物は見つかったけど、どうやって動かす？」

目線を【魔法陣魔法】の文字に移すとカーソルが移動した。続けて上、下、右、左と目線を動かした先にカーソルが動く。

「これは、慣れるまで大変そうだ……改善案を考えて教会に行ったらお願いしてみるか」

もう一度、【魔法陣魔法】のところに目線を動かしクリックをイメージすると新しい画面が開いた。


～～

【魔法陣魔法】
・スキルレベル マイナス1レベルの魔法を魔法陣に解析しスクロールや魔石などに書き込むことができる
・魔法を魔法陣に解析する為には、べつに【解析】スキルが必要な上級スキル
・解析した魔法をスクロールや魔石に書き込む為には、解析した魔法の消費魔力の一〇倍の魔力が必要

・書き込んだ魔法を使用するためには、解析した魔法の魔力の三倍の魔力が必要
・書き込んだ魔法の使用回数は、書き込む時の魔力×使用回数の魔力を消費すれば使用回数を増やす事が可能
・レベル1：魔力インク作製、魔法陣作成、魔法陣転写
～～～～～～～～～～～～～～～～～～～～～～～～～～～～～～～～～～～～～～～

「なんだ?!　この使い勝手の悪いスキルは？　そもそも、前提条件の【解析】スキルなんてどこで手に入れるんだ?? それに使用魔力も膨大だし、誰用のスキルなんだろう？　しかもレベル1じゃ何もできないじゃないか」

「次は、【土魔法】を確認するか。使えるといいけど……」

～～～～～～～～～～～～～～～～～～～～～～～～～～～～～～～～～～～～～～～

【土魔法】
・使用前提：【魔力操作】スキルが必要
・土属性の魔法を使用可能
・土魔法使用時に周辺の土や砂を使用すると魔力消費マイナス一〇%
・レベル1：ストーンバレット〈石礫×レベル×五を目標にぶつける〉魔力：一〇
ストーン〈一〇〇㎜×一〇〇㎜×一〇〇㎜の石のブロックを作製〉魔力：一〇

ホール〈地面に直径一〇〇〇㎜、深さ一〇〇㎜の穴を開ける〉魔力：一〇

～～

「やっぱり、この異世界の【土魔法】は、ハズレらしい……」

～～～

【回復魔法】
・使用前提：【魔力操作】スキルが必要
・使用条件：レベル×一ｍの範囲で魔法を発動させられる
・レベル１：ヒール〈一つの対象の傷を癒す。ＨＰプラス一五　欠損と血液は回復不可〉
　魔力：一〇
　　ディス＝ポイズン〈下級毒を消す事ができる〉魔力：一〇

～～

「おっ、レベル１は、【ヒール】と【ディス＝ポイズン】が使えるのか……リノール母さまからもらったから大事に使うようにしないと」
「次は、【魔力量無限】スキルを確認するか。しかし、なぜ教会ではわからなかったのかな？　ステータスボードには、ちゃんと表示されているんだけどなぁ」

カインは、カーソルを【魔力量無限】に合わせた。

～～～～～～～～～～～～～～～～～～～～～～～～～～～～～～～～～～～

【魔力量無限】
・パッシブスキル
・魔力を外部から常に取り入れる事ができる
・【魔力操作】スキルを取得していないと無限に魔力を吸収してオーバーフローする

～～～～～～～～～～～～～～～～～～～～～～～～～～～～～～～～～～～

「おい、おい、なんだこの爆弾スキルは、なんかハズレばかりだな。何々、続きがあるぞ」

～～～～～～～～～～～～～～～～～～～～～～～～～～～～～～～～～～～

P.S.女神ガーディアです。まだ【魔力操作】スキルを覚えていないカイン君のために、上手に魔力操作ができるようになるまで、【魔力量無限】スキルは非作動にしておきます。はやく【魔力操作】スキルを覚えよう♡

～～～～～～～～～～～～～～～～～～～～～～～～～～～～～～～～～～～

「なんだそりゃ……ため息しか出ない。大地母神ガイヤ様って地球ではそれなりの権威を持っていたはずなんだけど。土魔法も早く使いたいし【魔力操作】スキルも直ぐに覚えなくちゃ。でも、どうやって覚えられるんだろう？？？」

「あとは加護かな、どんな加護を授けてくれたのかな？」

今度は、カーソルを【女神ガーディアの加護（小）】に合わせた。

〜〜

【女神ガーディアの加護（小）】

・【土魔法】と【回復魔法】の威力プラス二〇％ＵＰ

・【土魔法】と【回復魔法】の消費魔力マイナス一〇％

・【状態異常耐性（小）】

・【異世界言語理解】（おまけ）

〜〜

「おおっ、かなり良いんじゃないか。スキルがショボいから余計良く見える。【状態異常耐性（小）】はかなり良いな。風邪とか引かなくなるのかな？」

「最後の【異世界言語理解】ってなんだろう。もうしゃべれるしな？　もしかして、文字が読めるようになっていたりして」

カインはまだこの世界の文字を勉強していないので、読めないのであった。

「魔法も勉強しなくちゃならないし、ちょうど良かったかも。ガーディア様〝おまけ〟ありがとうございます」

カインは、天井を見上げお礼をした。少し残念なスキルかもと思いつつ、やはり魔法が使えるという事を考えるとワクワクが止まらないのであった。カインがこれからの事を想像しながらにやけていると、扉をノックする音がした。

「どうぞ」と入室を促す。

「失礼します」

と言いながら、家宰のランドルフが入ってきた。

「旦那様が客間でお呼びです」

優しく微笑みながら、伝えてくる。

「はい、すぐ伺います」

カインはステータスボードを『ステータス・クローズ』と念じて閉じて客間へ向かった。

客間の扉の前で止まるとランドルフが入室の許可をルークに尋ねる。

「旦那様、カインお坊ちゃまが参られました」

「うむ、入れ」

客間には、ルークとリディアがソファに座ってお茶を飲んでいた。

正面のソファに座るとメイドがカイン用のお茶を持ってくる。

リディアがカインを見て微笑んでいる。しばらく静かにお茶を飲んでいるとリディアが「あなた」

とルークを促す。

「お、おおっ。カイン、本日は〝洗礼の儀〟おめでとう。スキルが三つだけとはサンローゼ家では多くないが、落ち込まないように」

「あなたっ」

リディアがルークをにらむ。

カインが不思議な顔をしているとルークが話し出す。

「本日授かった【土魔法】だがレベルが上がっても攻撃に有効な魔法がない。そして、もう一つの【魔法陣魔法】は、サンローゼ家にあるスキル便覧にも載っていなかった。レアスキルかもしれないが詳細は不明だ。しかし、リノールから継承した【回復魔法】がカインにはある。あまり落ち込まないように」

ルークは明らかに落胆していた。

「なぜ、私が落ち込むんですか？」

カインは、不思議に思い質問した。

ルークは、カインの目を真っ直ぐ見て話し出す。

「我が家を含め、貴族社会では〝洗礼の儀〟で授かったスキルにより、ほぼ将来が決まる。戦闘系のスキルを授かった者は、騎士学院に入学し王国や領家の騎士団に入る。戦闘魔法系スキルを授かった者は、魔法士学院に入学し、こちらも王国や領家の騎士団に入る。その他の政治系スキルを授かった者は、王立学院に入学し王国や領家の文官になるのが一般的だ」

カインは、「ふ～ん」という感じで話を聞いている。

「それ以外の者は、家を出て自分で仕事を探す。ほとんどの者が冒険者になると言うが、大成する者は少数だ」

ルークは、辛そうにカインを見つめる。

「カイン、お前は四男であり家を継ぐ事はない。騎士団や文官になれそうなスキルも授からなかった。でも、私はお前を見捨てない。成人の一五歳まで色々な事を学び有用なスキルを身に付けるのだ」

リディアは、カインの将来を想像し目に涙を溜めていた。

――ええっ？ そんなにハズレスキルでもないと思うんだけど？

困ったなと思いながら少し考え、

「お父さま、カインは大丈夫です。【土魔法】だって極めれば色々な事ができると思います。ダメだったら【土魔法】を使って畑を作ればいいし。それにリノール母さまから貰った【回復魔法】を極めれば領民を癒す事もできると思います。だから大丈夫です」

ルークとリディアは、吃驚しながらカインを見つめる。

「お父さま、お願いがあります。【土魔法】を使うためには【魔力操作】スキルが必要みたいなので【魔力操作】スキルを覚えたいのですが、覚える方法を知っていたら教えてほしいです。それか、家の図書室に入る許可を貰えますか？ 自分で調べてみます」

そう言って、カインはにっこりと笑い二人を見つめた。

固まっていたルークが再起動し、

「そっ、そうだな。【土魔法】だってまだ可能性が残っているかもしれないし。よし、ベンジャミンに手紙を書いて今度の休みには、家に帰ってくるように言おう。ベンジャミンなら【魔力操作】スキルの取得方法を知っていると思う。【魔法陣魔法】スキルについても、魔法士学院で調べてもらおう」

「そうですね、親の私達があきらめちゃダメね。一緒に頑張りましょう、カイン」

リディアは、カインを抱きしめながら言った。

ベンジャミンとは、次男の事で、現在魔法士学院に通っている。確か【火魔法】と【氷魔法】のスキルを授かっていたと〝洗礼の儀〟に向かう馬車の中でアリス姉さんが教えてくれたっけ。

せっかくの二回目の人生で魔法が使える世界なのだから、色々可能性を試してみなくちゃ。

まだまだ五歳。この世界基準で五〇年もあるんだから楽しもう!!

一人決意表明をする、カインであった。

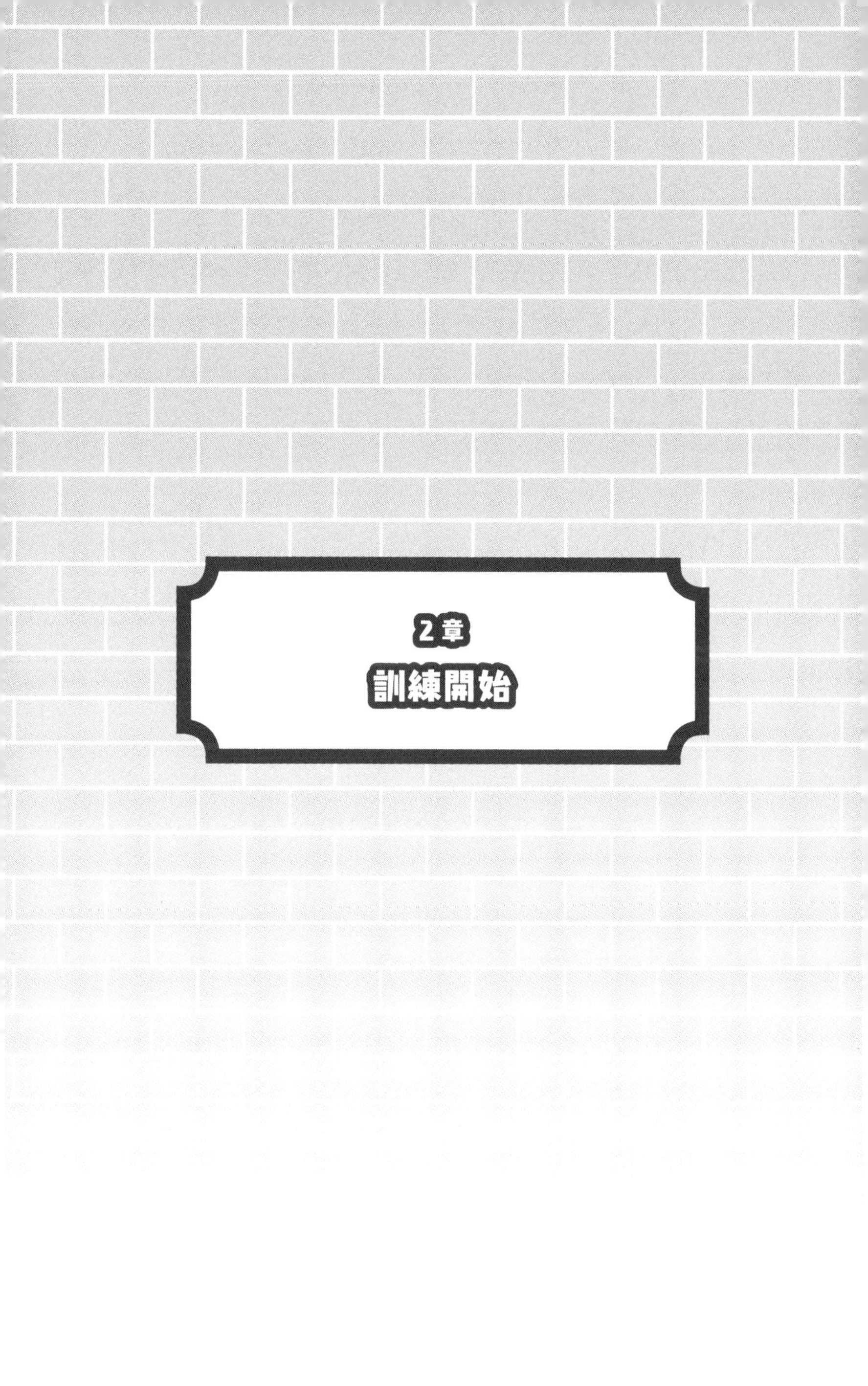

2章

訓練開始

今朝は、スッキリとした目覚めだった。

〝洗礼の儀〟から一月、カインはようやくこの異世界での生活も慣れ、夜明け前には目を覚ます事ができるようになった。最初の頃は道雄の記憶のせいか、なかなか起きる事ができなかった。しかし、そこはまだ五歳児の身体なので暗くなれば自動的に眠くなり、九時間も寝れば目が覚めるようになった。

「さて、日課のランニングをするか」

カインは、体力作りのため、延いては簡単に死なないために毎朝ランニングをするようにした。五歳児なのでできる事は限られていて、一㎞も走れば体力が尽き座り込む事になるが、継続は力なりと思い行っている。

大体家の周りの壁の内側を十周もすると一㎞くらい走った事になる。まだ、壁の外に一人で出る事を許可されていないカインとしては、壁の内側でランニングをするしかなかった。

〝洗礼の儀〟の後、カインはルークから釘を刺された。
「カインの事だから魔法を使おうと試すと思うが、ベンジャミンから【魔力操作】の方法を学ぶまで魔法を使う事は禁止だ」
「えっ、なぜです？　父さま!!」

カインは食べていたお菓子を取り上げられたような、吃驚した表情で聞き返した。

「カインは、例の加護のために通常の子供より魔力が多いと思っているが違うか？」

ルークはゆっくりとした口調でカインに尋ねた。

「はい、多分多いと思います。他のステータス値と比べても多いので」

少し動揺しながら答える。

——さすがに【魔力量無限】とは言えない。

「〝洗礼の儀〟が終わっても【魔力操作】を覚えるまで、魔法が発動する魔力には達しないのが一般的だが、中には子供でありながら多くの魔力を持つ子供がいたりする」

「たまに、そのような子供が感情のままに魔法を発動させようとすると、魔力が暴走し放出された魔力がそのまま子供に返ってきて爆発現象が起きたりする。爆発現象が起きると子供は大怪我をし下手をすると魔法スキルを失ったりする。だから、ベンジャミンが帰ってくるまで絶対に使うなよ」

ルークは五歳児のカインに向かって、大人を説得するように言い含めた。

「もし早く魔法を使いたいのなら、ベンジャミンが帰ってくるまで体力作りでもしているように。魔法も体力を使うとベンジャミンが言っていたぞ」

ルークはもう一度カインに釘を刺した。

「しかし、早く魔法使ってみたいな。この一月の走り込みでなんとなく魔力を感じるんだけどなぁ」

カインは、両手を開いてまじまじと見つめた。両手に力を集めるように意識すると魔力らしきものが集まってくるのがわかる気がしていた。

キョロキョロ、キョロキョロ。カインは太陽が上り始め明るくなってきた屋敷の庭を見渡す。

「今なら誰もいないし、見つからないだろう」

カインは、両手を地面につけ魔力を放出して地面に転がっている石を飛ばすイメージをする。

両手から何かが出始めるのを感じ、浮かび上がってきた言葉を唱える。

「わが、いにしたがい、てきをうて。【ストーンバレット】！」

唱え終わったが、地面に転がっている石はピクリとも動かなかった。

「やっぱり、だめか」

両手からまだ、何かが出ている感じがしていたが意識の集中を切ってしまった。

キュコォ

急に何かが膨らむような感じがして、次の瞬間両手の下の地面が爆発した。

カインは、また激痛と共に意識を失う。

「ここは？」

目を覚ますといつものベッドの上であった。

ベッドサイドには、アリスとリディア、そしてルークが立っていた。

「馬鹿者！！！！　あれほど魔法を発動させようとするなと言ったはずだ。どれだけリディアやアリスが心配したと思っている」

ルークが今にも殴りそうな勢いで大声でカインを怒鳴った。

「ごめんなさい……」

カインは包帯が巻かれ動かない両手を見つめながら泣いた。

「それはリディアとアリス、そして屋敷の者に言いなさい」

ルークは、部屋を出ていった。

❖❖❖

「魔力を暴走させてから六か月、長かった。やっとベン兄さんが帰って来る。まさか、年越しの休みにならないと帰って来ないとは思わなかったよ」

カインはすっかり治った両手を開いたり、閉じたりしながら、出迎えのために玄関に向かう。

しばらくすると、玄関前に馬車が止まる音がした。

そして、玄関の扉をメイドが開く。そこには、久しぶりに見る次兄ベンジャミンが立っていた。

「ベン兄さま、おかえりなさい」

カインは、満面の笑みで兄ベンジャミンを出迎えた。

「やあ、アリスもカインも大きくなったね」

十四歳にしては、とても大人びて、長い金髪のベンジャミンが立っていた。ベンジャミンはリディアによく似ていて、とてもイケメンだ。優しく声をかけながら、アリスとカインを撫でる。

「ベンジャミンお坊ちゃま、ルーク様とリディア様が客間でお待ちです。一度お部屋で着替えをされてからお越しください」

ランドルフがベンジャミンを迎えながら伝える。

「ああ、ランドルフありがとう。しかしまだ「お坊ちゃま」は取れないんだね」

「はい、成人までは「お坊ちゃま」です」

「これ、いつもの魔石です。結構時間があったから、一〇個はあるからね」

「いつも、ありがとうございます」

ランドルフは、ベンジャミンから少し大きめの革袋を受け取っていた。

――あれはなんだろう？　魔石って言っていたな？　後で教えてもらおう。

カインは、ベンジャミンとランドルフのやり取りを聞いて思った。

「さあ、アリスお嬢さまとカインお坊ちゃまは、先に客間へ向かいましょう」

ランドルフに促され、二人は客間に向かった。

「旦那様、ベンジャミンお坊ちゃまがお越しになられました」

ランドルフがベンジャミンの到着を扉の向こうから伝える。

「いいぞ、入れ」

ルークが返答をし入室を許可する。

扉が開き、旅装から着替えたベンジャミンが入ってくる。

「父上、母上、お久しぶりです。只今戻りました」

「うむ、ベンジャミン良く戻った。元気そうで何よりだ」

「おかえりなさい、ベンジャミン。道中大丈夫でしたか？　少し髪が伸びてますね、後で切りましょう」

ルークとリディアが久しぶりに帰宅した息子にねぎらいの言葉をかける。

「お茶でも飲みながら、近況を教えてほしいわ」

リディアがソファーにかけるように、ベンジャミンに声をかける。

ベンジャミンが座ると、メイドがお茶とお菓子を配膳する。

一家団欒が始まる。

ルークから領内の事を、ベンジャミンからは魔法士学院の事などが話された。

ベンジャミンは、とても優秀らしく一四歳で〝教導士〟になったらしい。魔法士学院の歴史でも初だそうだ。

「父上、手紙でご連絡いただいた件ですが、少し詳しく教えてください」

情報交換が一息ついたところで、ベンジャミンが切り出した。

「そうだな、事の始まりはカインの〝洗礼の儀〟の時だ。カインが五歳になり、ちょうど領都に司教様が訪問されたので〝洗礼の儀〟を受けに行ったのだ。そこまでは通常の事なのだが授かったスキルがあまり聞かないスキルだったのだ」

「それが、手紙で連絡をもらった【魔法陣魔法】ですね」

「そうだ。それにカインには【土魔法】と【回復魔法】のスキルがありベンジャミンに【魔力操作】を指導してもらおうと思ってな。それで【魔法陣魔法】について何かわかったか？」

「はい、魔法士学院の大図書館で調べてみました。王国一の蔵書を誇る大図書館なのですが【魔法陣魔法】に関する本は一冊しか見つけられませんでした。しかも、少しの説明だけしかありませんでした。その本によると、【魔法陣魔法】とは、魔法を魔法陣に変換してスクロールに写し魔法のスクロールを作れるスキルとだけ記載されていました。魔道具作製スキルである【魔法刻印】の上級スキルのようです。勇者様の時代に保有者がいたようです」

ベンジャミンは、カインに少し視線を動かしながら説明をした。

――ふーん、【魔法陣魔法】ってかなりレアスキルなんだなぁ。

カインは、他人事のようにベンジャミンの説明を聞いていた。

「そうか、使い方などが書いてある本はなかったか。ベンジャミン、ご苦労だった。魔道具を作れるスキルとわかっただけ良しとしよう」

ルークは少し残念そうにしながら、続けた。

「それよりも、ベンジャミンの滞在中にカインに【魔力操作】方法を取得できるようにしてほしい。無理やり魔法を使用して怪我をしたこともある」

「わかりました。明日から早速始めます」

ベンジャミンは、口元に笑みを浮かべながらカインを見つめた。

翌日の朝食後、カインはベンジャミンの部屋に呼ばれ、【魔力操作】の指導が始まった。
「さて、カイン、始める前に少し教えてほしい。父上から聞いている内容では、カインが授かったスキルは【魔法陣魔法】、【土魔法】、【回復魔法】の三つでいいかな?」
ベンジャミンがカインを見つめながら聞いてくる。
「はい、その三つで合っています」

カインは、努めてポーカーフェースで答える。

「あとは、ステータスの数値を聞くのは本当はタブーだけど、大切な事なので今回は正直に教えてほしい。今、魔力はいくつある？」

真剣な目つきでベンジャミンは聞いてきた。

――ここで隠すと何か後で影響が出そうだから正直に答えておこう。まだ【魔力量無限】のスキルが非作動だから数値があるし。

「えっと、『ステータス・オープン』。魔力一八〇〇です」

現在の数値を素直に答えた。

「えっ？　もう一度、言ってもらえるかな？」

「一八〇〇です」

「一八〇〇……予想の一〇倍とは……私でも三二〇なのに、私の約六倍とは。これは、教え方を変えないと」

少し考え込むように下を向き、ベンジャミンはつぶやく。

ベンジャミンは、荷物がある部屋の隅に移動し何かを持ってカインのところに戻ってきた。

「これから、【魔力操作】の訓練を始めるけど【魔力操作】ができるようになるまで、これを腕に着けて外さないように」

ベンジャミンは、そう言いながら時計のような物をカインに手渡した。

「これはなんですか？」

カインは、質問しながら左腕に着けた。腕に着けると何かが吸い取られる。

「ベン兄さま、何か吸い取られている感じがするんですが、大丈夫ですか？」

びっくりして腕に着けた物を外しながら聞いた。

「カイン、外してはダメだ。それは私が開発した〝魔吸器〟だ。魔法士の犯罪者に魔法を使わせないようにする装置で、通常版は、装着者の魔力を全部吸い取るのだが、この特別版は、装備者の魔力を残す設定ができる。今着けた特別版は魔力が一〇になるまで吸い取るんだ」

カインは、再度〝魔吸器〟を着け直した。しばらくすると〝魔吸器〟に付いている蒼い石が光る。

「よし、魔力が一〇になったね。じゃあ始めようか。カインは立っておへその下あたりに両手を重ねて。これから始めるのは、【魔力操作】の取得法で四段階ある。集中、循環、放出、維持だ。時間がないから大変だけど頑張るように」

ベンジャミンの言葉を聞いた瞬間、少し悪寒がした。

——あれ、結構やばいかな？

「カインは、すでに魔力を感じる事ができていると思うけど、違うかな？」

「はい、なんとなく感じられます」

「よし、それでは感じている魔力を両手を置いているところに集めてみて」

ベンジャミンの指示通りに、魔力らしきものを両手の下に集めようと意識をする。

——あれ、魔力があまり感じられない？　なぜだ？

いつもより希薄な魔力を集めるイメージをし始める。しばらくすると両手を置いている下腹のあたりが温かくなってきたような気がした。

「何か、変わってきたかい？」

　ベンジャミンがカインの変化を見て聞いてきた。

「何か、えっ？」

　カインが、集中を切らすと熱が霧散してしまった。

「両手の下が温かく感じたのですが、なくなってしまいました」

「うん、いい感じだね。その熱が意識を切らしても維持できるようになったら次に進めるから頑張ってね。今日から朝起きてから、一時間訓練をして、一時間休んで、一時間訓練してを寝るまで続けるように。訓練は私のいるところ以外では行ってはダメだからね。じゃあ、続けようか」

「はい、頑張ります」

　カインは、元気に返事をした。しかし、これが心をすり減らす辛い訓練の始まりだった。

❖❖❖

　訓練開始から、三日が過ぎた。この三日間、朝食の後一時間〝集中〟の訓練をして一時間休息、また一時間の訓練を繰り返した。道雄の記憶をもってしても、五歳児の身体にはこの訓練は厳しすぎるようだ。考えてみてほしい。五歳児に一時間ジッと立っている事はまずできないだろう。それを道雄の三五年の人生とあわせた精神力を使って無理やり行っているため、身体的にも精神的にも厳しい訓練であった。

——やった、ようやく両手の下に魔力を集める事ができた。集中を切らしても拡散しない。

「ベン兄さま、できました」

疲労で倒れそうになりながら、カインはベンジャミンに言った。

ベンジャミンは、カインをしばらくじっと見つめ。

「うん、できているね。合格だ。ゆっくり集めた魔力を開放して」

カインは、両手の下に集めていた魔力を開放していく。

〝ドタッ〟魔力を開放してカインは倒れた。

「あれ、ここは？　また、倒れちゃったのか」

カインは、目覚める度に見るこの天井に少し飽きてきていた。

〝トントントン〟部屋の扉がノックされる。

「カイン、起きているかい？」

ベンジャミンの声が聞こえた。

「ベン兄さま、どうぞ」

カインが返事をすると、ベンジャミンが部屋に入って来た。

「さぁ、次の訓練を始めるか。早く起きてご飯を食べておいで」

——えっ、身体ガチガチなんだけど、休みたい……。

「それとも、今日はやめるかい？　私はどちらでもいいけど、私がいる間に【魔力操作】ができるようにならないと魔法を使っちゃだめだから、一年くらい使えないけどいいのかな？」

ベンジャミンは、口元に笑みを浮かべながらつぶやく。

「すぐに、用意します。少しお待ちください」

カインは、ベッドから飛び起き食堂に走っていった。


カイン達は、ベンジャミンの部屋に移動し訓練を続ける。

「さて、今日からは〝循環〟の訓練を行う。まず、昨日まで行っていた〝集中〟をしてみて」

ベンジャミンは、カインを自分の前に立たせ言う。

「はい」カインは、両手をおへその下に重ね〝集中〟を行う。

――おっ、かなりスムーズにできるようになった。

「うん、いいね。それじゃ集めた魔力を胸まで移動させてみて。ゆっくり胸まで浮かび上がるイメージで」

ベンジャミンは、カインをまたジッと見つめながら指示を出す。

――よしっ、ゆっくり浮かぶようにだな。上がれ、上がれ、あれ、ぜ、全然動かない。

カインは、懸命に集めた魔力を動くようにイメージし続ける。一〇分も頑張ったが一向に動く気配がない。そのうち集めていた魔力が拡散した。

カインは、ハァハァと口で息をしながら息を整え、

「もう一度やります」

と〝集中〟を始めようとした。

「待って、やっぱりいきなりは難しいみたいだね。少し手伝うよ」

そう言いながら、手のひらをカインの手に重ねた。

「もう一度、〝集中〟をしてみて」

カインは、言われた通りに再度〝集中〟を始める。

「少し、痛いと思うけど我慢だよ」

ベンジャミンがそう言うと、集めた魔力がボール状に纏まるのがわかる。そして少しずつ胸に向かって移動を始めた。ボール状になった魔力が動き始めると激痛が走る。

「痛い!!」

カインは、ベンジャミンを思いっきり振り払おうとした。しかし、ベンジャミンの手はビクともせず、魔力を動かし続ける。「痛い、痛い」と言い続けるカインを無視して、魔力のボールを胸まで移動させ、再度お腹の位置に魔力を戻した。

「ふー、よく頑張ったね。これが、〝循環〟だ。これを下腹→胸→頭→胸→左手→右手→右足→左足→下腹と動かせるようになったら合格だ」

涙と鼻水だらけの、カインの顔を取り出したハンカチで拭いてくれた。

「ばぁい」

ベンジャミンは鬼だとカインは思った。

あの激痛事件から五日が経った。この〝循環〟の訓練は、ベンジャミン曰く細い魔力の通り道を魔力が通りやすいように広げる作業なんだそうだ。これがとにかく痛い。想像してもらいたい、鼻の中に綿棒を入れてぐりぐりさせながら奥に奥に進めていくような感じだ。また、〝集中〟で集めた魔力が熱いので余計にだ。

でも、この激痛を伴う訓練で一つだけ発見があった。動かした魔力を再び下腹に戻すと魔力が少しだけ濃くなっているみたいなのだ。最初は気のせいかと思ったが、魔力の熱量が上がっているので間違いないと思っていた。

そして、本日の最終の訓練時間に〝循環〟を一周させることができた。

「ベン兄さま、できました‼」

カインは、かなりのドヤ顔でベンジャミンに言った。

ベンジャミンは、ほんの少し目を見開き、

「それじゃ、もう一度〝循環〟させてみて」

とカインに指示した。

「はい、良いですよ」

カインは、両手を下腹に当てずに手を広げ目を瞑る。

そして、魔力を〝集中〟で集めゴルフボール大にして胸から順番に〝循環〟を始める。魔力がカインのイメージ通りにしだいに、身体を移動していく。最後に魔力が左足から下腹に戻ってくると魔力の熱がまた少し上がったような気がする。

「カイン、そのまま〝循環〟を続けて」

ベンジャミンが少し大きな声で指示をする。

カインは、指示された通り〝循環〟を続けた。そうすると段々移動の速度が上がってくる。そのまま、三周、四周、五周と続け、一〇周したところでストップの声がかかった。

「よし、カイン、合格だ」

「やったぁ、これで痛いのは終わりだ!!」

カインは、飛び跳ねた。やべ集中が切れた！　と、カインは焦った。しかし、魔力は拡散せず下腹に留まっている。

「ベン兄さま、集中を切らしたのに魔力が拡散しません」

不思議そうにカインが尋ねる。

「はは、カインは凄いね。もうそこまで無意識でできるんだ。次の〝放出〟は少し楽かもね。それじゃ今度は、胸の前で手のひらを合わせて輪になるようにして」

カインは、言われるままに胸の前に輪になるように手を合わせた。

「そうしたら、その輪の間で〝循環〟をさせて。手のひらは、ぴったり合わせるんだよ」

カインは、ゆっくりと〝循環〟を始めた。魔力が胸↓右腕↓右手と動いていく。そして左手に移そうとすると魔力が引っかかってしまった。魔力が何かにぶつかったように右腕のあたりに戻ってくる。

カインは、少しスピードを上げるようにイメージして再度右手から左手に動くようにイメージする。また、何かにぶつかる。

「ベン兄さま、右手のところで何かにぶつかって魔力が移動できません」

カインが困りながらベンジャミンに助けを求める。

ベンジャミンは、少し笑みを浮かべながら、

「カイン、三つの選択肢をあげよう。一、〝循環〟の時のように私が補助をする。二、魔力を少し小さくして再度行う。三、魔力を大きくして再度行う。どれがいい？」

——また、鬼ベンジャミンがでてきた——、どれも絶対痛いはず。少しでも、痛みが短く終わるのはどれだ？ ……自分でやるのは長くなる気がするし、三なんて一番痛いはず。ここは……、

「ベン兄さま、一の補助でお願いします」

「えっ、いいの？ また、痛いと思うよ？」

——なぜ、聞き返す？ 痛くない方法があるのか？ いや、ベン兄さまの事だ、一が一番痛みが少ないから聞いたんだ。

「いいえ、一でお願いします」

覚悟を決めた表情で、カインは答えた。

「了解、それじゃ後ろを向いて」

ベンジャミンは、カインの背中に手を当てて魔力を動かし始めた。魔力が胸→右腕→右手と動いて

来た、そして手のひらに当たる、やはり跳ね返る。ベンジャミンの魔力が流れ込んできて、カインの魔力の形が細く尖ってくる。その形状のまま、手のひらに刺さる。

「痛ってぇ」

カインが声を上げるが、前の時と同じで無視される。尖った魔力が少しずつ手のひらを貫通していく。そして左手の手のひらに刺さる。

「痛い、痛い」

カインは、手を離しそうになるが外部から力がかかっているのか、外れない。そのうち左手を貫通する。

魔力がそのまま、左手の中に入ってくる。変形した魔力が半分くらい左手に刺さった後、魔力の形が変わって太くなってきた。そのまま、直径一〇㎜位になって通り抜けた。

「ふう、よく頑張った。でもそのまま〝循環〟させるからね」

カインは、意識を失わないように歯を食いしばって我慢をする。体感で三〇分くらい経ってようやく終了した。

「はい、お疲れ様。休憩しよう」

ベンジャミンも額に玉の汗をかいていた。

——羅刹ベンジャミン……。

一を選んでしまった、自分をぶん殴りたい気持ちのカインであった。

「カイン、なんか言ったかい？」

冷たい笑みを浮かべたベンジャミンが見ていた。

「な、何にも言ってないよ。次は何をすればいいの？」

カインは慌てて取り繕う。

――ベン兄さまは、心までも読めるのか？

カインは全身に嫌な汗をかきながら、次の指示を待つ。

「一度魔力が抜けてしまえば、大丈夫だろうから少し手を離して輪を作って〝循環〟をしてみてごらん」

ベンジャミンはお手本を見せた。

ベンジャミンの離した手と手の間を透明な何かが右手から出て左手に入っていくのが朧気に見えた気がした。

カインも真似をして行うと、出る時と入る時に少し抵抗があるが魔力のかたまりを〝循環〟する事ができた。

「うん、うん、いい感じだね。じゃあそのまま〝循環〟をし続けて」

ベンジャミンは、またカインをジッと見つめながら指示した。

二時間後。休憩もなしで続けた結果、手のひらであればどこからでも魔力を出し入れできるようになった。

「よし、今日はここまで。明日また続きをしよう」

ベンジャミンは、訓練を見ながら読んでいた本を片付け始める。

「まだ、まだできます。ベン兄さま、続けさせてください」

夕食までまだ、三時間ほど時間があった。

「休むのも訓練のうちだよ。それに〝維持〟は、最初だけ外で練習しないと危ないんだ。だから明日は、一日城壁外に出て訓練するからね」

「ベン兄さま、今なんて？　今、なんて言いました？」

「休むのも、訓練のうち？」

「その後です！」

「ああ、カインは城壁外にまだ出た事がなかったんだね。明日は、城壁外に出て訓練するよ」

「よし！　よし！」

カインは、ガッツポーズを何度も行った。

❖❖❖

次の日、ベンジャミンとカインは、護衛の兵士二人と共に城壁外に来ていた。城壁外と言っても城門から五〇〇ｍも離れていない。それだけでもカインにとっては、初めての経験なのでのハイテンションだった。

「さて、この辺でいいかな？　正面には……誰もいなそうだね」

ベンジャミンは、前方を注視してからつぶやく。

「カイン、これから〝維持〟の訓練を始めるよ。これは最初とても危険を伴うから十分気を付けてね。絶対に途中で集中を切らさないように。万が一、集中が切れそうになったら両手を前方斜め上に挙げるんだよ」

ベンジャミンは、訓練を始めてから一番真剣な表情で言ってきた。

「はい。わかりました」

——これは、かなり真面目に取り組まないと危険なようだな。

「まず、〝循環〟を始めて十分に魔力を練ってから〝放出〟に移ってみて」

カインは、言われたように〝循環〟を行い、いつもより多くの魔力を練って、〝放出〟に移った。

大分魔力を練ったので手から手に移る際に、魔力の形がいつもよりはっきり見える。

「いい感じだ。それを両手の間で止めて球状に丸めて。集中してね」

カインは、魔力を手のひらから放出した後で、再び循環を行い、生成された新たな魔力を、既に放出した魔力と合流させて魔力の塊を大きくする事を三回繰り返した。そして、両手の間で止めるようにイメージをした。

魔力の塊が両手の間で止まり、放出され続ける魔力がまとまってくる。それと同時に魔力が身体から抜けていく感じが続く。

——あれ、これなんかやばい感じがする。

どんどん、魔力が抜けていく。

「あっ」

カインは、魔力の抜けが大きくなり集中が切れてしまった。

〝パンッ〟両手の間にあった魔力の塊が二mくらい前方に落ちた。

「ヤバい」と思った瞬間、魔力の塊が弾けた。

〝ドカン〟鈍い音と共に地面が爆ぜて小石や砂が飛んできた。飛んできた小石で額と頬が切れ血が流れる。そして、衝撃と共にカインはバランスを崩し後ろに倒れた。

「まったく、集中を切らす時は前方斜め上に上げろと言っただろう」

そこには、砂を被った羅刹ベンジャミンがいた。

〝ゴン〟ベンジャミンは、拳骨をカインの頭に落とした。

「おおおおぅ、い、痛いです。ベン兄さま」

拳骨が当たった場所が陥没したのでは？　と思うくらいの衝撃があった。涙がにじむ。

「カインが指示を守らないから、危うくみんなを巻き込むところだった。始めからうまくいかないから、集中を切らす時は、手を前方斜め上に挙げるように言ったんだ。まったく」

「だって、魔力が段々抜けてきて意識が朦朧となってしまって……」

カインはまだ痛む頭を押さえながらベンジャミンに訴えた。

「ふむ、通常より魔力の多いカインは普通とは違うのかもしれないな。よし今日はここまで。明日また続きをするよ」

ベンジャミンが戻ろうとする。

「今度は、ちゃんとやりますから。まだやらせてください」

昨日以上に必死にカインは懇願した。

「ダメダメ、明日にならないと魔力が回復しないからできないんだよ。明日は、魔力を二〇にして試そう。そうすれば、多少魔力が抜けても大丈夫だろうしね」

やさしく微笑みながら、カインの頭を撫でた。


昨夜ベンジャミンが〝魔吸器〟の設定を魔力が二〇が残るように設定をし直し、一晩眠った。ベンジャミン曰く、これで魔力は二〇になっているそうだ。気持ち、いつもより魔力があるような気がするカインだった。

昨日と同じ場所に到着すると、〝循環〟から〝放出〟を行い魔力をまとめていく。やはりまとめていくと、同時に身体の魔力が抜けていくが、昨日よりも余裕がありそうだった。

三分ほど行っていると、両手の間にソフトボールほどの魔力の塊ができた。

「おおっ、できた。できました」

「集中を切らさない！」

「は、はい」

「そのまま一〇分くらい〝維持〟を続けて。危なくなったら前方斜め上に腕を挙げる事」

五分くらいして、集中が切れたカインは魔力の塊を放物線状に飛ばした。

〝ドーン〟飛ばした魔力の塊は二〇ｍくらい前方に着地し爆ぜる。

四日後、ようやく一〇分間〝維持〟ができた。

「よく頑張ったね。うん、【魔力操作】のスキルが発現してたよ」

「えっ、『ステータス・オープン』」

カインは、ステータスボードを確認すると、そこには【魔力操作】のスキルが増えていた。

「やったぁぁぁー、魔法がつ・か・え・るーーー」

両手をあげてカインは、喜びを表す。

「本当によく頑張ったね。こんなに早くスキルが増えるのも珍しいのだけどね。でもこれからも訓練は続けたほうがいいからね。【魔力操作】のスキルレベルを上げるにはとてもいい訓練だから。だけど〝維持〟の訓練をする時だけは、城壁外でやる事」

「ベン兄さま、ありがとうございました」

カインは、思いっきり頭を下げてお礼を言った。

「ちなみに、この訓練でできる魔力の塊をそのまま飛ばす事ができるようになれば、呪文なしで攻撃ができるからね」

とベンジャミンは右手を森のほうに向けて、手のひらを開き魔力の塊を手の前に作り前方に飛ばす。

かなりのスピードで飛んで行った魔力の塊は、直径五〇cm位の木に当たり爆ぜた。

木にかなり大きな穴が開き、バキバキバキバキと音を立てながら後ろに倒れた。

——この人は、ドラゴン球の世界の人か⁉

絶対に逆らうのはやめようと思った、カインだった。

閑話　ベンジャミンの帰還

サンローゼ家の次男ベンジャミン＝サンローゼは、現在、魔法士学院の四学年だが、先日魔法を教える事ができる教導士に昇格した秀才だ。昨年から行っていた、研究が認められた結果である。ベンジャミン本人は、役職などに何も拘りはないが、教導士になると卒業までの授業料は免除になり、研究室と研究費そして給金も貰える。一番嬉しいと話していたのは、学食の費用が無料になった事。なぜなら、王国内の上位貴族の子女も通うため、学食のランクも上位貴族に合わせた〝S〟ランクメニューもがあり、この〝S〟ランクメニューが無料で食べられるからだ。教導士になれるほどの研究熱心なベンジャミンが、研究室の床に大量の荷物を広げ二年ぶりの帰郷に向けた荷造りを行っていた。

「ベンジャミン様、頼まれていた魔石をお持ちしました」

貴族寮付きのメイドが、購入を頼んでいた魔石を持ってきてくれた。

「ありがとう」

ベンジャミンは、メイドから魔石の入った袋を受け取った。

「ベンジャミン様、何か楽しそうですね」

「そうかな?」

メイドにそう指摘されて、ベンジャミンは自分が久しぶりに妹と弟に会えることを殊の外楽しみにしている事に気付いた。


二日後、ベンジャミンはサンローゼ領の領都に向かう乗合馬車に乗っていた。普通、貴族の子弟であれば実家から専用の馬車が迎えに来るのだが、サンローゼ家はあまり裕福ではないため、里帰りなどの時は乗合馬車で帰ってくるのが通常であった。

その乗合馬車の中で、ベンジャミンは五か月前に届いた父ルークからの手紙を読み返していた。

〜〜〜

ベンジャミン、元気にしているか。息災である事を願っている。何か必要な物などがあったらすぐに連絡をしてくるように。たまには、リディアに手紙を送るように。

さて。話は変わるが、先日カインが〝洗礼の儀〟を受け【土魔法】と【魔法陣魔法】という魔法スキルを授かった。そこで、二つの頼みがある。

一つ目は、カインに【魔力操作】の方法を教えてほしい。

二つ目は、カインが授かった【魔法陣魔法】スキルとは何かを調べてほしい。

迎えに行けなくて申し訳ないが、同封の金で帰って来てほしい。

帰郷を楽しみにしている。

〜〜〜

――ふう、要求はわかるけど何をそんなに急いでいるんだろうか？　【魔力操作】ができなければ必要魔力が一〇倍になるから、普通は成人して訓練すればいいはずなんだけどな？　カインは魔力が多い？

ベンジャミンは読んでいた手紙を片付けながら、文面に隠された内容について深い考察に入った。

一〇日後、ようやく領都にベンジャミンは到着した。御者の一人がサンローゼ領の出身だったらしく、ベンジャミンに気付き屋敷まで馬車で送ってくれた。

「おかえりなさいませ、ベンジャミン様」

サンローゼ家の執事の一人が馬車の扉を開けて出迎える。

ベンジャミンが馬車を降りると、大きくなったアリスとカインが玄関先に出てきていた。

「ベン兄さま、おかえりなさい」

アリスとカインが、満面の笑みで兄ベンジャミンを出迎えていた。

「やあ、アリス。少し大人っぽくなったかい？　カインも大きくなったね」

目を細めながら、ベンジャミンはアリスとカインに声をかけた。

――なんだ、この魔力は？

大きな力を感知したベンジャミンは【魔力視】のスキルを使ってカインを視た。

――カイン、なんて大きな魔力を持っているんだ⁉

【魔力視】のスキルを使ったベンジャミンには、カインの周りを囲む巨大な魔力がはっきり視えた。

「父上、手紙でご連絡いただいた件ですが少し詳しく教えてください」

客間に移動しベンジャミンは父ルークに今回の事について質問をした。

……

――そうか、それでわざわざ私を呼び戻したんだな。かわいいカインが怪我をしないように【魔力操作】を早く習得させないと。楽しみだ♪

ベンジャミンは、口元に笑みを浮かべながらカインを見つめた。

❖❖❖

――今日から王都に帰るまでの短い時間に【魔力操作】を習得させないと、このカインの魔力量だと次に〝暴発〟を起こすと命にかかわるからな。

――まずは、確認からしないと。

「さてカイン、始める前に少し教えてほしい。父上から聞いている内容では、カインが授かったスキルは【魔法陣魔法】、【土魔法】、【回復魔法】の三つでいいかな？」

ベンジャミンがルークから聞いた内容を確認し始める。

「はい、その三つで合っています」

――カインは、三つも魔法系スキルを授かるということが、レアケースだと気づいていない。【魔力視】で巨大な魔力を持っているのがわかったけど、具体的な数値も確認しておかないとな。

「あとは、ステータスの数値を聞くはタブーだけど大切な事なので今回は正直に教えてほしい。今、魔力はいくつある？」

「えっと、ステータス・オープン、魔力は一八〇〇です」

「えっ？　もう一度、言ってもらえるかな？」

「一八〇〇です」

――おいおい、想定の斜め上を行ったぞ、魔力一八〇くらいかと思っていたのに……。

「一八〇〇……予想の一〇倍とは……私でも三二〇なのに、私の約六倍とは。これは、教え方を変えないと」

――魔力一八〇〇もあると、訓練中に集中を切らすと事故が起きるな。あれを使って魔力の制限をしなくては。実証実験もかねて使ってみよう。

「これから、【魔力操作】の訓練を始めるけど【魔力操作】ができるようになるまで、これを腕に着けて外さないように」

ベンジャミンは、カインに〝魔吸器〟を腕に取り付けるように指示をする。

〝魔吸器〟の宝石が蒼く光っていた。

──よしよし、一〇〇〇以上の魔力でも正常に作動しているようだ。〝魔吸器〟は装着者の吸い取った魔力の一／一〇を付けている魔石に貯めるから一日魔力一八〇が貯まっていくな。このサイズの魔石だと三〇〇〇くらいは貯められるから滞在中は持つだろう。

そうして、カインの【魔力操作】の訓練が始まった。最初こそ手助けをしたが、数日で〝循環〟を習得してしまった。ベンジャミンは、今日までの訓練を振り返る。

──普通は魔力の塊を移動させる〝循環〟は、時間をかけて少しずつ移動させては、下腹に戻し移動させるを繰り返しながら〝循環〟できるようにする。それを少し無理をして動かしたのでカインは大分痛みを感じたみたいだ。まあ、少しだけだし大丈夫だろう。

──さて、次の〝放出〟は痛いぞ。でも一度貫通すれば、痛みも段々なくなるしここは心を鬼にして頑張らないとね。かわいい弟の痛む姿はつらいからね。

ベンジャミンは、カインの背中に手を当てて魔力を動かし始め、また、自分の魔力でカインを覆い手を離せないようにする。

──カイン、痛くても我慢だ。ここでやめるともっと次は痛いんだ。頑張れ！

「痛い、痛い」

カインが、痛みを感じる度に手を離そうと頑張るのをベンジャミンが魔力を強め、手が離れないようにする。

――よし、もう少しだ。

魔力が右手を貫通し、左手の中に入って通り抜けた。

「ふう、よく頑張った。でもそのまま〝循環〟させるからね」

カインから殺気をはらんだ視線が飛んでくる。

――これは、大分嫌われてしまったような気がする……挽回するかな。

「よし、今日はここまで。明日また続きをしよう」

ベンジャミンは、訓練の続きは明日にする事を伝えて休むように言った。

❖❖❖

「さてと、兄を好きになってもらうために頑張るか」

ベンジャミンは、カインに喜んでもらうためにサンローゼ領の魔物が住む大森林に来ていた。

「ランドルフからも『余ったら干し肉にしたいので、自重せずお願いします』って言われたしね」

〝循環〟を始め、〝放出〟で手のひらに魔力の塊を作る。次に、魔力の塊を身体を囲むように輪にし、魔力の輪を広げるように全方向に飛ばす。

〝キンッ〟二時の方向から何かに当たった音がした。

「良し、あっちに獲物発見」

森の奥から〝バキバキ〟と音を立てながら何かがこちらに向かってくる。小山のような物が木々の間から見え隠れしながらベンジャミンに向かって一直線に走ってくる。

〝ブゥホー〟と鳴き声なのか、息遣いか、何かわからないが大きな動物のようだ。

木々の間から飛び出して来たのは、二mを超すワイリーボアだった。

「【アイスランス】！」

ベンジャミンは、〝循環〟で高めた魔力を使い電信柱ほどの太さの氷槍をワイリーボアの顔面に放った。

周囲の木々をへし折りながら、ものすごい音を立て頭から転倒しワイリーボアの突進は止まった。しかしワイリーボアはフラフラしながら立ち上がり、意識をはっきりさせるように頭を何度か振った後、再びベンジャミンを睨んだ。

「【アイススパイク】‼」

複数の鋭い大きな氷棘がワイリーボアを足元から現れ、深く突き刺さった。ワイリーボアは一度身体を大きく痙攣させ、突き刺さっている氷棘から血が流れ、大きな血だまりができた。

「ふむ、これだけ大きければみんなで食べれるかな。【アイススパイク】は血抜きもできるから便利だよね。……あっしまった。どうやって持って帰ろう？？？」

結局、ベンジャミンは、荷車を取りに一度屋敷に戻ったのだった。

❖❖❖

ベンジャミンは昨日とは違う森の少し開けたところに来ていた。ワイリーボアを持って帰ったが、可愛いアリスから上目遣いで「大晦日にワイリーボアと一緒に他にも食べてみたいです」なんて頼まれたら断れないベンジャミンだった。

森の中を歩きながら、先ほどの〝維持〟の訓練を思い出していた。

——さっきは危なかった。〝循環〟がうまくできているせいか魔力が少ないのに凄い威力だった。学院の生徒に教える時は、初めから腕を上げさせてやらないと事故になる。そういえばこの辺でホロホロ鳥を見かけたって、猟師のライカが言ってたなぁ。

ベンジャミンはキョロキョロ周りを見渡しながら、考えていた。

——昨日みたいに〝放出〟を使うと逃げてしまいそうだよね。【魔力視】を使ってみるか。

ホロホロ鳥は、【雷魔法】を使うと言われているので【魔力視】で見えるかもと考えスキルを使用する。スキルを使用したまま、視線を右手の方向に移動させると五個の点が動いているのを見つけた。

——よし、成功だ。逃がさないようにゆっくりと近づこう。

ベンジャミンは、音を立てないように五個の点が見えた方向に進んでいく。そこは、小さな池があり動物たちの水場になっているところだった。水際に五羽のホロホロ鳥が水を飲んだり、水浴びをしていた。警戒心が強いためか、五羽のうち一羽は周辺を警戒をしていた。

——ちょっとこれ以上近づくと見つかりそうだな。少し遠いけど頑張ってみるか。

〝循環〟をいつもの三倍の時間行い魔力を練り魔法を発動させる。

「【アイスニードル・レイン】‼」

無数の氷針がホロホロ鳥を襲う。二羽は複数の氷針が刺さり動かなくなる。残りの三羽は少し傷ついたが飛び立った。そのうちの少し大きなホロホロ鳥がベンジャミンを見つけ向かってくる。ホロホロ鳥の身体が光ると複数の雷がベンジャミンを襲った。

「痛って！【雷魔法】を攻撃に使うのか」

攻撃を左腕に受け、ベンジャミンは大きめの木の陰に身を隠した。その後も複数の雷がベンジャミンの隠れている木の周辺に当たり、木を焦がした。

「鳥のくせにあんまり調子に乗らない。【アイスブリット】」

無数の氷礫がホロホロ鳥に命中し、絶命させた。

「ふぅ、危ない危ない。やられはしないけど怪我するとアリスが悲しむからね」

合計二羽のホロホロ鳥を持って帰り、それを見たアリスに抱き着かれ微笑むベンジャミンだった。

五日後、カインが【魔力操作】の訓練を終了させた。
——最後のスムーズさは、【魔力操作】スキルも習得できたかもな。カインにはもっと上を目指し

てほしいから少し脅かしておこうかな。

ベンジャミンは頭をなでてカインをほめながら、

「ちなみに、この訓練でできる魔力の塊をそのまま飛ばす事ができるようになれば、呪文なしで攻撃ができるからね」

ベンジャミンは〝循環〟を素早く三倍行い右手から魔力塊を飛ばす。

魔力塊は、直径五〇cm位の木に当たり爆ぜた。木にかなり大きな穴が開き、大きな音を立てながら後ろに倒れる。それを見たカインが、大きな口を開けて呆れていた。

――よしよし、これで兄の威厳も保てたかな？

❖❖❖

新年が明けて二日後ベンジャミンは、学院に戻るために馬車に乗っていた。揺れる馬車の中でカインとの訓練で気付いた事を、まとめたメモを読み返していた。

――今回の里帰りは、中々得るものがあったな。カインのおかげで【魔力操作】の訓練方法の改善点も見つかったし。久しぶりにカインとアリスとも遊べて充実してたな。その分、父上と母上とはあまり話せなかったけど。来年も年越しには、帰って来よう。カインの師としての責任もあるし。

またベンジャミンは口元に笑みを浮かべ、次回の里帰りの事を考えながら帰った。

3章

初めての土魔法

【魔力操作】の訓練が終わった次の日は、今年最後の日だった。所謂、大晦日だ。この国？　この世界の暦は、一月が三〇日で、一二か月あり、一年が三六〇日。一週間は、六日で五週間ある。地球より少し短い。七三年で一年違うだけだから、あまり気にしても仕方のないことだろう。

一応、四季もあるけれど、夏が長く他が短いようだ。作物が良く育つから夏が長いほうが良いみたい。このサンローゼ子爵領の年末は、短い冬なのに結構寒い。領都がある平野にはあまり積もらないが、毎年五～一〇cmくらいの積雪もある。この積雪で毎年二、三人は凍死したりする厳しい異世界である。

話が逸れたので戻すと、今日は大晦日だ。日本のように、大掃除や年越しソバ、歌合戦などのイベントはない。それこそ、年末の休暇だってない。

サンローゼ家で働いている人々は、交代で休暇を取っているので決してブラックな家では無い事を追記しておく。

とはいえ、一年の最後の日に何もしないかと言うとそうでもない。領民に毎年、ルークからお酒と少しだが食べ物が振舞われる。

それを持ち帰ったり、持ち寄ったりして領民達は、年越しを祝っている。

サンローゼ家では、この日だけは大広間でみんなで食事をする。年越しの日の晩餐会の食事は、大分豪勢で普段のパンとスープとサラダだけではなく、パスタみたいな麺料理と肉料理が並ぶ。

少量だが、お酒も振る舞われるのでみんな凄く楽しみにしている。

今年は、ベンジャミンが訓練の合間に狩りに行っていたようで、メイド達が騒いでいた。

カインは訓練でぼろぼろだったので、何が獲れたのか知らないがアリスも興奮してたから、よっぽど凄いのだろう。

❖❖❖

夕食の用意ができたので、大広間に行くと大きなテーブルに大量の食べ物がのっていた。一番目につくのは、体長二ｍもあるワイリーボア（どこぞの猪か？）の塊肉焼き。そして、ホロホロ鳥の丸焼きだ。

料理長達が頑張ったらしく肉だけでなく、ワイリーボアのベーコンとホウレン草に似た葉物野菜とのパスタ。ミネストローネのような具沢山のスープと角ラビットのクリームスープ。シェフの気まぐれサラダとドライフルーツのパウンドケーキとデザートまであった。

若いメイド達が料理の数々を見てはしゃいでいる。その中を家宰のランドルフが、ワインを注いで回っていた。従者達がかしこまりながら、ワインを注いでもらっていた。

ワインが皆に回った頃、ルークがリディアと現れる。

「今年も一年、皆ありがとう。今年はベンジャミンと料理長達が頑張ってくれたので、豪華な晩餐会になった。楽しんで食べて、飲んでほしい。乾杯！」

ルークの掛け声と共に、年越しの晩餐会が始まった。カインは、アリスと共にホロホロ鳥を取りに行き思いっきりかぶりつく。今夜だけは、無礼講なのでテーブルマナーに厳しいランドルフも見逃してくれる。スープ、パスタと色々食べて、いつもはあまり話さないメイドや従者と話をした。

「カイン」

リディアとルークが、カインを呼んでいた。カインは、パウンドケーキを皿に取り二人がいるテーブルに座る。

「ベンジャミンに聞いたぞ、毎日訓練を頑張ったそうだな。えらいぞ」

ルークは、素直にほめてくれた。

「ベンジャミンは、口数は少ないけどカインの事が大好きだから、優しく教えてくれたんじゃない？」

「……」

何も知らない、リディアが言ってくる。

カインは苦しく、痛かった記憶が蘇り固まった。

「どうした（の）、カイン？」

「い、いえ。ベン兄さまは丁寧に教えてくれました。そのおかげで、昨日【魔力操作】のスキルを取得できたんです」

カインは、努めて明るく答えた。

年越しの晩餐会の翌日は、元旦だ。この異世界に〝元旦〟という言葉があるかわからないが、一年の始まりである。カインは、初日の出を見て、この世界に転生させてくれた女神ガーディア様に転生のお礼と一年の健康をお祈りした。

「初日の出も見れて、今年は良い一年になりそうだ。昨日我慢したステータスの確認をしよう」

この異世界では、昔の日本のように年の初めに一歳年をとるが全員同じ誕生日なので成人（十五歳）のような特別な時以外祝う事はない。カインは誰もいない庭で、一人ぶつぶつとつぶやきながらステータスボードを確認した。

〜〜〜〜〜〜〜〜〜〜〜〜〜〜〜〜〜〜〜〜〜〜〜〜〜〜〜〜〜〜〜〜〜〜〜

名　前：カイン＝サンローゼ

年　齢：5↓6

レベル：1↓2

称　号：なし（地球からの転生者土田道雄）

体　力：5／5　↓　7／7

魔　力：1800／1800（∞）↓　20／2100（∞）

筋　力：５↓６
耐　久：５↓８
敏　捷：５↓７
器　用：５↓７
知　力：６０↓６５
幸　運：８↓１１
スキル：【土魔法：レベル1】、【魔法陣魔法：レベル1】、【回復魔法：レベル1】、【魔力量無限（偽装：成人まで非表示にしますガーディア）、【魔力操作：レベル１（ＮＥＷ）】
加　護：女神ガーディアの加護（小）
〜〜〜

——お、レベルが上がっている？　もしかして、年齢が上がるとレベルが上がるのか？　たまたま？　後でベン兄さまに聞いてみよう。

ステータスボードを見ながら、レベルの上がり方や各ステータスの変化を考察する。

——しかし、相変わらず魔力が壊れているな。制限がかかっても二〇〇〇オーバーとはね。この魔力で〝循環〟をやって〝放出〟したら、俺もサ〇ヤ人になれるね。

ベンジャミンの〝放出〟を見せてくれた時の姿を自分に重ねた。

——知力以外は、大体二〜三ＵＰだな。一レベル上がるとステータスの上がりはこんなものなのかな？　ステータスのカンストっていくつなんだろう？

カインのゲーム好きの心が高まる。

「カイン、おはよう。相変わらず朝が早いね」

ベンジャミンが少しずつ昇ってきた朝日を眩しそうにしながら、話しかけてきた。

「おはようございます。ベン兄さま。気持ちの良い年明けですね」

カインは、ステータスボードを見るのを中断してベンジャミンに挨拶を返した。

「んっ？　カイン、腕の〝魔吸器〟をちょっと見せて」

ベンジャミンが何かに気づきカインに言う。

言われたままに、カインは〝魔吸器〟の着いている腕をベンジャミンに見せる。〝魔吸器〟に付いている石が、蒼色ではなく、赤色に光っていた。

「カイン、もしかしてレベルが上がったかい？」

〝魔吸器〟を見ながらベンジャミンが確かめてくる。

「良くわかりましたね。さっき確認したらレベルが上がっていました。レベルって年を取ったら上がるのですか？」

カインはさっき考えていた質問を加えて聞いてみた。

「レベルは、年を取ったくらいじゃ上がらないよ。カインの場合【魔力操作】のスキルを取得するほどの修練を行ったから上がったんじゃないかな？　ところで今の魔力は、二〇のままかい？」

「はい、魔力は二〇でした」

何を聞いてくるのかと思いながら答える。

「やっぱり、レベルが上がって魔力が増えて〝魔石〟が魔力を吸収できなくなったんだね。だから予定よりも早く赤く光ったんだね。一瞬壊れたかと思ってびっくりしたよ」

安心したようにベンジャミンが言い、〝魔吸器〟をカインの腕から外し、何かごそごそした後、カインの腕に戻した。〝魔吸器〟の石はまた蒼く光った。

「これで、よし。それじゃ朝ごはん前だけど、魔法を使ってみようか」

カインが一番聞きたかった言葉をベンジャミンが言った。

「はいっ！」

カインは、ガッツポーズをしながら答えた。

「私の教え方は、少し特殊だけど先々を考慮すると有効だと思っていて、サンプルを増やしているんだ」

ベンジャミンは、不敵な笑みを再び浮かべた。

――なんだ、あのやばい笑顔は？　いきなり羅刹モードはかんべんなんだけど。

カインは、ドン引きしながら話を聞いている。

「【土魔法】を授かった時に呪文は頭に浮かんでいるね。通常はその呪文を唱えて魔法を発動させるんだけど。私の方法は、慣れるまで【魔力操作】を行った後、〝集中〟→〝循環〟→〝維持〟をしてから呪文を唱える。〝集中〟で魔力を集めて、〝維持〟で留めて呪文を唱えるように」

「まず、私が行うから見ていて」

ベンジャミンは、カインとは反対の方向を向いて、静かに〝集中〟→〝循環〟→〝維持〟を行った。

「我が、意思に従い、集いて顕現せよ。【アイスウォール】！」

ベンジャミンが力呪文を唱え、魔力を込めて呪文名を唱えると、庭の真ん中に幅一m×高さ二m×厚さ五〇cmの氷壁が出現した。

「すごいです。おおっ、冷たい！　本物の氷だぁ」

出現した氷壁をカインはベタベタとさわりながら言った。

「次は、カインの番だよ。【土魔法】の【ストーンバレット】をこの氷壁に向かって唱えてみて」

カインは、〝集中〟→〝循環〟→〝維持〟で魔力を練った後、呪文を唱えた。

「わが、いにしたがい、てきをうて。【ストーンバレット】！」

氷壁に向かって開いた手のひらの先から、ピンポン玉くらいの石礫五粒が氷壁に飛んで行った。

〝カッカッカッ〟石礫は、氷壁に当たり弾き返される。

「やったぁぁぁー！　魔法が使えたぁぁぁー!!」

カインは、飛び跳ねて喜んだ。異世界に転生し初めて魔法が成功した瞬間だった。

「すごいな、カインは。普通こんなにすんなりと魔法が発動しないんだけど。【土魔法】と相性でもいいのかな?」

ベンジャミンは、顎に手を当てながら考えている。

「その辺の考察は後にするか。カイン、次はもう少し〝循環〟を長くして唱えてみて」

カインは、言われた通りさっきの倍の〝循環〟を行って、呪文を唱えた。

「……【ストーンバレット】！」

〝ガッガッガッ〟さっきより、一回り大きな石礫五粒が氷壁に当たり、氷壁に傷がつく。

「おおっ、威力が上がった？　あ、あれ？」

カインは、めまいがして座り込んでしまった。

「拡大まですんなりできるなんて、授かったのが【土魔法】なのが悔やまれる。あ、ごめんカイン。〝魔吸器〟で魔力を二〇に制限してたから魔力切れになったんだね」

ベンジャミンはカインに駆け寄り、抱き上げた。

「今朝の訓練は、これでお終いだね。朝ごはんの後〝瞑想〟を教えて少し魔法について説明しようかな」

ベンジャミンは、手を横に振り氷壁を消しカインを抱きかかえながら屋敷に戻った。

カインは、ふらつく頭でこれからの事を考えていた。

――次は、どの呪文を唱えてみようかなぁ。

カインはベンジャミンと共に屋敷に戻り、食堂に用意されていた朝食を食べた。日本のように新年の挨拶とかはないが、ルークとリディアから新年に毎年貰える〝砂糖菓子〟（お年玉のような物）を貰った。魔力を失った頭に栄養が回るためか、いつもより美味しく感じた。

「カインは、もう魔法の発動ができるようになったのか」

ベンジャミンからの報告を聞いた、ルークが吃驚していた。

「魔法ってそんなに簡単に使えるものなの？　ベン兄ぃ？」

それを聞いていた、アリスがベンジャミンに尋ねる。

「うーん、普通はもう少し苦労するんだけど。カインは【土魔法】と相性がいいのかもしれないね。所謂〝土の属性〟ってやつかな？」

「なんですか？　〝土の属性〟って？」

「魔法スキルを持っている人に、稀にいるんだけど。その人の魔力が決まった属性を持つ場合があって、その属性の魔法を使うときに発動しやすかったり、魔力の消費が少なかったりすることがあるんだ」

ベンジャミンは、ルークのほうをチラ見する。

「ベン兄ぃは、持っているの？」

「いや、残念ながら私は持っていない。長く魔法を使っていると属性を持つことがあるとも言われているから検証中なんだ」

へぇーと思いながらカインは話を聞いていた。


朝食後、ベンジャミンの部屋でカインは、魔法について講義を受けていた。

「カイン、まず魔法の発動おめでとう。学院の生徒でさえ【魔力操作】ができた直ぐ後に、魔法を発動できるのは、ほとんどいない。【土魔法】であるのが本当に残念だね」

また、先ほどの言葉をベンジャミンが繰り返した。

「なぜ、【土魔法】が残念なのですか？」

——そりゃ、地味目な魔法が多いと思うけど。

「【土魔法】には、あまり攻撃的な魔法が少ないって言われているんだ。だから、【土魔法】使いで騎士団に入る人がいなくてね。まあ、高レベルな【土魔法】使いも少なく、研究がされていないというのもあるけど」

「騎士団に入れないから、残念と言われたのですね。ほかの理由があるのか心配しました」

「あれ、カインは騎士団に興味がないのかい？」

「はい、全くないです」

「そ、そんなにはっきり言わなくても。アーサー兄さんとクリスが聞いたら悲しむよ」

少しため息をつきながらベンジャミンが言った。

「まだ六歳だし将来はわからないか。これから訓練すれば他の魔法スキルも取得できるかもしれないしね。それじゃ、始めようか」

ベンジャミンは座り直し話を切り替えた。

「これから話す内容は、まだ私が研究途中の内容だからそのつもりで聞いてほしい。カインには、魔法の才能があるし理解力も普通の六歳児に比べて格段にあるようなので教えるね」

「私の主な研究は、〝なぜ、魔法を発動させるには、【魔力操作】スキルが必要か〟って事なんだ。体験しているから理解しているかもしれないけど。それぞれの魔法スキルがあれば、レベルに合わせた呪文が頭の中に浮かび上がる。だけど、呪文を唱える事ができても【魔力操作】スキルがないと魔力を消費するが発動しないで、最悪〝暴発〟をする」

　カインは、自分の両手を見てうなずきながら聞いている。

「逆に【魔力操作】だけあっても、魔法スキルがないと呪文を知らないので唱える事ができず、発動はできない。これは、学院にいる生徒で検証した結果だ。だけど、【魔力操作】訓練で行ったように魔力を放出する事は可能」

「確かに、確かに」とうなずきながら引き続き聞いている。

「次に、呪文だけどさっきの【アイスウォール】も【ストーンバレット】も呪文的には唱えるのは難しい内容でもない。でも魔法スキルがない人が聞くとただの音としてしか聞こえないらしく、また使える人が唱えている内容を唱えても、ただの言葉として聞こえるらしいんだ」

　カインは、「あれ？」と思いながら最後まで話を聞く。

「その表情だと気付いたかな？　私の結論は、【魔力操作】は、呪文を変換し魔法を発動させる変換機能を持ったスキルだと。なので、カインに私の考えた【魔力操作】訓練を行って通常はできない魔法の拡大を体験させたんだ」

「魔法は、拡大や縮小って普通できないんですか？」

「いや、できるよ」

　さらっと、否定する事をベンジャミンは言った。

　――なんだよそれ？　あんな痛い目に合わなくてもできたんじゃないか。

　カインは、ほっぺたを膨らませてむくれる。

「ごめん、ごめん、きちんと説明するね。拡大や縮小する時は、普通〝呪文〟にその言葉を混ぜるんだ。例えば、【アイスウォール】だと色々あって、『～、意思に従い、～』のところを『～、大なる意思に従い、～』や『～、集いて顕現せよ』を『～、寄りて集いて顕現せよ』とかにする。でもこれだと長くなるしイメージがうまくいかないと魔力だけ消費して拡大しない時がある」

ベンジャミンは、お茶を一口飲み、説明を続ける。

「だから、〝循環〟で使用する魔力を上げて拡大する方法を見つけたんだ。〝循環〟を使うと消費魔力は一・五倍で効果は二倍くらいの拡大ができる。まあ、魔法のイメージ次第だという説もあるから一概に言えないけどね」

――ふむふむ、色々な方法で試してみよう。

カインは、今後の事を考えながら聞いていた。

「あとは、使えば使うだけスキルのレベルが上がりやすくなるから、毎日訓練は続けるんだよ」

「はい、頑張ります」

「一つ忘れていた。これから教える〝瞑想〟も毎日行うように。これは、魔力の回復を早める方法でとても役に立つよ。やり方は簡単。胡坐をかいて座り、〝循環〟を行うんだけど〝集中〟の時に自分の魔力ではなく自分の周りにある魔力を集めて〝循環〟するんだ。これは、残念な事に教えるのが難しくてね。だから自己練習で頑張って習得してね」

「は、はぃ、頑張ります」

最後の最後で見放す、ベンジャミンだった。

――やはり、羅刹ベンジャミンだった。

新年になって二日後、ベンジャミンが帰っていった。

――中々に大変な訓練の日々だったけど、初めて魔法を使えた時は、達成感が半端なかったなぁ。

カインはベンジャミンの乗る馬車を見送りながら、辛かった訓練を振り返っていた。

「さて、さて、魔力の限界まで魔法を使い倒すぞぉー」

ベンジャミンを見送った後、そのまま訓練をしていた庭に移動して、【土魔法】のレベル上げを始める。

「あ、これ外さないとすぐ魔力切れになっちゃう」

訓練の時につけていた〝吸魔器〟を外す。

「でも、魔力って休息をとらないと回復しないんだよなぁ。どうしよう？　ま、いいか。魔力切れになったら休んでまた、続ければ」

カインは、いつも通り〝循環〟を行い、【ストーンバレット】を唱えた。石礫が五つ飛んでいく。

そして、外壁に当たった。

「あ、今日は氷壁がなかったんだ。的がないと【ストーンバレット】は危ないな。後、使えるのは【ストーン】と【ホール】だしな。【ストーン】だと石ができるだけだし。【ホール】にしよう」

カインは、【ホール】の呪文を唱える。

「わが、いにしたがい、ひらけ【ホール】」

カインの目の前にマンホールぐらいの大きさで深さ一〇cmの穴が開いた。

「地味だ……うっ、もう魔力切れか。魔力二〇だとだめだな」

カインは、ふらつきながら部屋に戻ってベッドに横になった。


カインが目覚めると、夕日が窓の隙間から差し込む時間だった。

「うーん、良く寝た。あれ？　なんかいつもより魔力を感じるな？」

自身中から漏れてきそうなほどの量の魔力をカインは感じていた。

ステータスボードで確認すると二一〇〇／二一〇〇となっていた。

「よし、全回復している。今まで一／一〇〇の魔力しかなかったからこの感覚に慣れてないだけか。でもさぁ。これは、テンプレってやつだよね。これで何も考えずに魔法を使うと暴発するってやつ？

ちゃんと慎重にコントロールしなくちゃ」

暗くなり始めていたが、魔法を試そうと庭に出た。

「あれ？　まだ、さっきの【ホール】が残ってる。時間が経っても元に戻らないんだ。【ホール】って永続効果の魔法なんだな。気をつけないと誰かが落ちて怪我しちゃうね」

カインが、消す方法がないか考えていると頭に〝デリート〟と思い浮かんだ。

――なんだろう？　試すか。

『デリート』

〝デリート〟と唱えた一呼吸後、【ホール】が消え元の地面に戻る。そして【ホール】の時に使用した二倍の魔力が抜けていく感覚があった。

――魔法で起こした事象を〝デリート〟するのは、二倍の魔力を使うのか。魔力が多い魔法使いじゃないと使えないね。

その後、カインは暗くなって見えなくなるまで【ホール】&〝デリート〟を唱え続けた。

地道な検証結果、色々な事がわかった。

〝循環〟を使う前提での検証結果
・特に何も考えずに呪文を唱えると、マンホールくらいで一〇cmの深さの穴が開く
・深さをイメージすると、イメージした深さで穴が開くがその分穴の広さが小さくなる
・同一体積の穴が開くようだ
・穴を開けた後、穴の底をイメージすると穴の底を起点で穴が開く。↓穴が深くなる
・〝循環〟を二倍多めで行うと開けられる体積が二倍になる
・〝循環〟を三倍多めで行うと開けられる体積が三倍になる
・穴の壁面は、少し固めたくらいで強めに石とかで叩くと崩れる
――この【ホール】俺の無限の魔力で使うと〝地下室〟とか簡単に作れそうだな。それよりも井戸とか簡単に掘れそうだ。【土魔法】やっぱりチートなんじゃない？

次の日は、【ストーン】を試してみた。

「わが、いしにしたがい、けんげんせよ【ストーン】」

ドン、と一辺一〇㎝の石のブロックが現れた。【ストーン】についても色々試した。
・イメージにより一辺の長さを変える事ができるが、体積は変わらない
・イメージで四角以外の形をイメージしたが、四角以外にはならない
・〝循環〟を使うと、一辺の長さが一五㎝になった
・〝循環〟を二倍多めで行うと、一辺の長さが一九㎝になった
・〝循環〟を三倍多めで行うと、一辺の長さが二一㎝になった
・数を増やす場合は、数を明確にイメージして呪文を唱えるか、〝二つ〟とか〝三つ〟とかを呪文の中に入れると増えた
・土に魔力を流しながら唱えると、魔力の消費が少なくなる。魔力を石に変換するより土を石に変換のほうが魔力の消費が少なくなる
――【ストーン】は、人間石製造機になった気分だ。同じ大きさの石が出せるから大量に作って石畳の道とか簡単に作れそうだな。

それから、カインは毎日午前中は〝循環〟の訓練。午後は、【土魔法】を使う生活を六か月間続けた。

4章
そろばんを作ってみよう

ベンジャミンが帰って、六か月が経っていた。カインはこの六か月間、午前中は、【魔力操作】の訓練、午後は【土魔法】を使い続けていた。その甲斐があって、【魔力操作：レベル2】、【土魔法：レベル2】にレベルが上がっていた。また、【魔力操作】を覚えた時に魔力も【魔力量無限】スキルも作動(アクティブ)に変わっている。〝魔吸器〟の〝魔石〟を変えた傍から宝石が赤く光るので気付いたのだ。

〰〰〰〰〰〰〰〰〰〰〰〰〰〰〰〰〰〰〰〰〰〰〰〰〰〰〰〰〰〰〰

名　前：カイン＝サンローゼ
年　齢：6
レベル：2
称　号：なし（地球からの転生者土田道雄）
H　P：7／7
魔　力：∞
スキル：【土魔法：レベル2（UP）】、【魔法陣魔法：レベル1】、【回復魔法：レベル1】、【魔力量無限】（偽装：成人まで非表示にしますガーディア）、【魔力操作：レベル2（UP）】
加　護：女神ガーディアの加護（小）

〰〰〰〰〰〰〰〰〰〰〰〰〰〰〰〰〰〰〰〰〰〰〰〰〰〰〰〰〰〰〰

——スキルのレベルが上がってもステータスは変わらないんだなぁ。どんな魔法が増えたか見てみよう。

〜〜〜〜〜〜〜〜〜〜〜〜〜〜〜〜〜〜〜〜〜〜〜〜〜〜〜〜〜〜〜〜〜〜〜〜

・レベル2：アースウォール〈幅一m×高さ二m×厚さ〇・五mの土壁を作る〉魔力：一二

アースディグ〈縦二m×横二m×深さ二m分の土を耕しふかふかの畑を作る〉魔力：一二

クリエイトクレイ〈一〇〇㎜×一〇〇㎜×一〇〇㎜の土（砂）を使ってイメージした形状を作る〉魔力：一二

〜〜〜〜〜〜〜〜〜〜〜〜〜〜〜〜〜〜〜〜〜〜〜〜〜〜〜〜〜〜〜〜〜〜〜〜

——新しい魔法が三つ増えているな。【アースウォール】が使えるから、これで【ストーンバレット】の的が作れる。あと二つは、微妙だな。これじゃ【土魔法】をハズレと言う人が多いはずだ。ま、いいや今日は【アースウォール】を使って練習しよう。

いつも通り庭の魔法練習場（カインが勝手につけた）で【アースウォール】を唱える。

「わが、いしにしたがい、つどいてけんげんせよ。【アースウォール】！」

呪文名の後に地面から幅一m×高さ二m×厚さ五〇㎝の土壁が出現した。

「おおっ、ベン兄ぃが出した氷壁の土版だな。【ストーンバレット】をぶつけてみよう」

「……【ストーンバレット】」

〝カッカッカッカッ〟石礫が土壁に当たった。

「一回の【ストーンバレット】では壊れないみたいだ、何度も当てたら壊れるかな？　何発くらいで壊れるか試そう」

「……【ストーンバレット】」「……【ストーンバレット】」「……【ストーンバレット】」「……」

石礫が次々とぶつけられていく。【ストーンバレット】を一〇回当てた後、土壁が崩れた。

「やっと、壊せた。普通に唱えると【ストーンバレット】一〇回分位の耐久力なんだな」

「カイン様、魔法の練習ですか？　頑張ってますね」

壊れた土壁を見ていたら、後ろから話しかけられた。

「あ、ガーディ。【土魔法】のレベルが上がったから試してたんだ」

サンローゼ家の庭師兼御者をしているガーディから話しかけられた。ガーディは三〇歳の男で左目の上に傷があり片腕がない。以前参加した魔物討伐の時負傷して片腕を失ったらしい。その後サンローゼ家に雇われた。筋肉質で片腕のため、怖そうと誤解されがちだがとても優しい性格だ。片腕でも馬車を上手に操ったり、菜園や花壇を管理したり、とても能力が高い。

「ガーディは、どうしたの？」

「そろそろ、冬に向けて芋のサツマを植えようと。どうせなら今年はサツマ用の畑を作ろうかと思いまして」

肩にのせている鍬に目を向けた。

「サツマ美味しいよね。僕、大好きさ。特に焼き芋にすると甘くて最高だよね」

サツマは、地球で言うサツマイモで甘味の乏しいこの世界での貴重な甘みである。

「そうだ、ガーディ、畑作り手伝っていい？　試してみたい【土魔法】があるんだ」

「いいですよ、でもその前にこの惨状を一緒に片付けますか？」

壊れた土壁と散らばった石礫を見て言った。

「大丈夫直ぐ片付けるから、〝デリート〟ほらね」

デリートと唱えると壊れた土壁と石礫が消える。

「こりゃまた、びっくりした!!　【土魔法】は便利ですね」

土壁と石礫が消えた地面を撫でながらガーディが感心していた。


二人で壁際の菜園エリアに来た。そこには根菜を中心に色々な野菜が育っていた。

「いつ見ても、ガーディの畑は凄いね。美味しそうな野菜がたくさんだね」

「ありがとうございます。そう言っていただくと作っている甲斐があります。さて、この辺にサツマの畑を作ろうと思います」

ガーディが指した場所は、雑草や石などが沢山転がっている硬そうな土だった。ガーディが大きめな石を片付け始める。

「ガーディ、【土魔法】で耕すからちょっと待って」

ガーディが驚きながら振り返ると、にこにこ笑っているカインがいた。

「ガーディ、新しいサツマの畑はどのくらいの大きさにするの？」

カインが魔法を使う範囲を決めるために、確認をする。

「そうですね、今年は種芋が沢山あるので昨年より大きめにと考えていますので、このくらい…………でしょうか？」

ガーディは、そう言いながら六m×一二mの広さを鍬で線を引く。大体バトミントンのコート位だ。

「オッケー！　ちょっとだけ離れてて、【アースディグ】」

カインは、【アースディグ】を連続で一八回唱えた。ガーディが引いた線の中の土が次々とひっくり返りふかふかの畑に変わっていく。

「よし、終了！　どう？　ガーディ？」

「……魔法とは、すごいものですね。私の一〇日分の仕事が一瞬とは!?　これは、いいサツマが実りそうな畑です」

ガーディは、ふかふかの土を触りながら感想を言う。

「それじゃ、さっそく種芋を植えますか？」

「えっ、種芋のまま植えるの？　苗になってからじゃないの？」

「苗からなんて植えませんよ。サツマは芋のまま植えますが……」

ガーディが不思議そうな顔でカインを見ている。

「ねぇねぇ、ガーディ少し種芋を分けてくれない？　僕もサツマ畑を作って育てたいんだ」

「いいですよ、面倒は私が見ますので、この畑の隣に作ってください」

「ありがとう、ガーディ」

——さつま芋は、苗から植えないとあまり収穫数が上がらないって、中学の技術教諭が教えてくれたんだよね。あの先生元気かな？

カインは、道雄時代に中学で技術教諭とさつま芋の畑を作った事を思い出していた。

カインは、その後ガーディから種芋を受け取り、サツマの苗を作った。そこで役に立ったのが【クリエイトクレイ】の魔法だった。種芋から苗を作るのにプランターが必要だったが、それに代わる適当な物が見つからなく、【クリエイトクレイ】で作ったのだった。

――【クリエイトクレイ】は、結構使い勝手がいいな。今度食器とか挑戦してみよう。

苗が順調に育ち、カイン専用の畑に植える事にした。結構な数があったのでガーディに頼んで手伝ってもらう。まだ六歳の身体なので畑仕事は大変なのである。

ガーディが植えた種芋からも、小さく苗が発芽していたが、やはりすべての芋からは出ていないようだった。さつま芋の育て方を教えてくれた教諭いわく、さつま芋は種芋から植えると発芽の確率が低く収穫量も増えないと。

「カイン様、この苗を植えればいいんですね」

ガーディは、さつま芋苗をカインから受け取り、そのまま植えようとした。

「待ってガーディ。〝畝(うね)〟を作るよ」

カインが〝畝〟を作ろうと畑の横に立つ。

「〝畝〟とはなんですか？」

　ガーディが聞いてくる。

「うーん、ちょっと説明が難しいから作った後、説明するよ」

　カインは、六m×六mの範囲を【アースディグ】で耕した後、【ホール】の呪文を応用する。そこには、高さ三〇㎝の〝畝〟が五本でき上がっていた。

「この、盛り上がった土の事を〝畝〟と言って、水はけを良くしたり太陽が多く当たるから土の温度が上がって作物の成長が良くなるんだ」

　中学教諭の受け売りをガーディに説明した。

「すごいですね、今度作付けをする時は行ってみます。でも、カイン様はどこでそのような知識を得たのですか？」

「えっ、えーとぉ、つ、【土魔法】のスキルが教えてくれたんだ」

「【土魔法】のスキルってすごいですね」

　素直に、感心するガーディだった。

　――ごめんね、ごめんね、ガーディ。

　素直に信じているガーディを見て、後悔の念に圧し潰されそうになるカインだった。

カインが、魔法の訓練やサツマの畑作りをしている時、三歳年上のアリスは家庭教師と勉強をする日々を過ごしていた。カインが朝から元気よく庭で魔法の訓練やサツマを育てている姿を見て、アリスは不満を溜めていた。

ある日の夕食の時、おもむろにアリスがルークに不満をぶちまけた。

「父様、毎日、毎日カインは遊んでばかりで、ずるいです。私は五歳の時にはソフィア先生から字を習っていました。カインも始めるべきです」

「うーん、でもなぁ」

ルークは、少し困ったようにアリスから視線を外した。そしてしばらく「うーん、うーん」と唸っていた。

「あなた、ソフィア先生に負担にならない程度で、カインも教えてもらえないか聞いてみませんか?」

リディアが助け舟を出す。

「わかった、リディア。先生に聞いてみてくれるか」

その日の夕飯は、変な雰囲気のまま終了した。

リディアは、直ぐにソフィア先生に確認をしたみたいで、次の日の夕飯にはカインも一緒に勉強をする事が知らされた。但し、カインの授業は、一週間に二日それも午前中だけになった。

❖❖❖

「さぁ、今日からカイン様も一緒に文字の勉強をします。よろしくお願いいたします」

ソフィアは、士爵家の四女で、二五歳の独身女性。魔法士学院を卒業後、騎士団に入団するが二年で退団。ベンジャミンの家庭教師としてサンローゼ家に雇われてそれ以降、クリス、アリスと教えている。容姿は、青が入った黒髪で、美人と言うかかわいい人で、大きな黒ぶちの眼鏡をかけているせいか年より幼く見える。性格は少しおっとりしていて、物事に動じない性格である。

「よろしくおねがいします」

カインが元気よく応える。

「カイン、わからないところは私に聞くのよ」

アリスが得意げに言ってくる。

「それでは、アリス様は昨日の算術の続きから始めましょう。カイン様は、文字の書き取りからにしましょう」

アリスは、数字の書いてある羊皮紙を開けて計算をし始める。ぶつぶつと言いながら計算を始める。

ソフィアは、カインに一枚の羊皮紙と小さな石板を渡す。

王国では紙はとても高いため、通常は羊皮紙に文字を書く。ただし羊皮紙も高いため子供達の勉強には石板に石灰石で文字の書き取りを行っていた。

「それでは、ここに書いてある文字を一文字づつ覚えていきましょう」

そう言ってソフィアはアルファベッド表のようなものが書いてある羊皮紙を示し説明を始める。

――あれ？　あれ？　全部読めるし、意味がわかるぞ！　なんでだ？　日本語ではないのに……あっ！　確かガーディア様がおまけとか言って【異世界言語理解】のスキルをくれたっけ。どうしよう、読める事を言うのは簡単だけど……アリスねえさんの威厳を守るために、習う振りをするか。

カインは、辛い決断をした。想像してみてほしい。日本語が読めて、書ける人が、もう一度小学校一年生の国語の授業を受け、それもわからない振りをしなければならない。必死に眠気と闘いながら、カインはソフィアの教えてくれる文字と発音をしながら石板に書き写していた。

「カイン様、それではこの花、木、人、大地、風の文字の書き取りをしていてください。アリス様、できましたか？」

ソフィアは、カインに書き取りを指示しアリスの算術の答え合わせをし始めた。

「アリス様は、一桁のたし算、ひき算は問題なくできるのですが、二桁の少し難解な問題になると間違えてしまいますね。今日は、少しずつ分解しながら計算してみましょう」

アリスは、不貞腐れながらも頑張っていた。

――アリスねえさんは、二桁の計算でつまずいてるんだ。一桁ができるんだから頑張ればすぐだと思うんだけど。そう言えば、この世界に〝そろばん〟ってあるのかな？　道雄時代に〝そろばん〟を習ってたから、算数は得意だったなぁ。

カインはその日、書いて、発音して、消してを延々続けた。

――これは、どうにかしないと心が病むね。


カインは、授業が終わった午後、いつものように訓練場に来ていた。

「授業の事は後で考えるとして、まず〝そろばん〟を作ってみよー」

最近独り言が増えたと思いつつも、口に出している。

「【クリエイトクレイ】で、複雑な物を作るのは初めてだなぁ？　でもイメージをしっかり持って作ればなんとかなるでしょう」

カインは、たし算、ひき算、かけ算、わり算とエアそろばんを行ってイメージを固めた。

「わが、いしにしたがい、せいけいせよ。【クリエイトクレイ】！」

地面に向けた手の下で土が集まり、だんだんと〝そろばん〟の形になっていく。そして、見覚えのある形になった。

「スゲーできたよ！　ちゃんとシャカシャカ音がして動いているよ！」

カインは、何度か玉を弾いたり、振ったりした。

〝パキッ〟何度目かの玉弾きをした時、玉を留めている部分が割れてしまった！

「あああああっ！　壊れた！　……強度のイメージが足りなかったかなぁ？」

カインは再度、今度は鉄の硬さを強くイメージして作り直した。作り直した、〝そろばん二号〟は、かなり硬くできた。玉を弾く度に〝キンキン〟とまるで鉄琴を叩いているみたいだった。

「これはこれで、俺みたいな段持ちなら楽器みたいで楽しいけど、初心者だと集中できないかもな？」

その後、何度も作り直しようやく〝そろばん八号〟で満足が行く物ができた。ちょっと玉を弾きにくいが、地球にある物より少し大きめにしたら壊れず、音もさほど気にならなかった。

「よし！　次はこれをどうやって思いついたか、考えないとなぁー、それか、もしかしたら既にこの世界にもあるかもしれない」

今日作った〝そろばん二号と五号と八号〟を持って部屋に戻る。ちなみに、五号は二号の半分くらいの大きさに作ったのだが、正直使い辛かった。

ベンジャミンがいればと考えたがこの手の物はリディアに聞こうかなと思い、メイドに居場所を聞いた。先ほどから、書庫で調べ物をしているそうなので行ってみる。

サンローゼ家には、小さいが書庫がある。なんでもご先祖様が色々集めたらしく普通の子爵家よりも蔵書は多いらしいが、詳しくはカインは知らない。まだ小さいので入室の許可が出てないのであった。書庫に着くと片方だけ扉が開いていた。

いつも〝ノック〟をせずにアリスが怒られているので、開いている扉を叩き中にいるであろう、リディアに声をかける。

「リディア母さま、カインです。中にいますか？」

少し大きめの声で叫んでみる。

「カイン？　今手が離せないから入って来て」

中から入室の許可が下りた。カインはキョロキョロしながら書庫内に入室する。

書庫内は、古い皮と紙の匂いが漂っていた。本を守るために書庫内は薄暗く、そんなに大きくないはずの書庫が広く感じる。

少し進むと、リディアが魔法の光のランプを使いながら本を読んでは、書き留める作業をしていた。

「リディア母さま、カインです。初めて書庫に入りましたが、本がたくさんあるのですね」

感心しながら言うと、リディア母さまは、かけていた小さな眼鏡を外しながら、カインを見る。

「カインは初めてだったのね。今度ルークに言ってカインの入室の許可を貰いましょう。せっかく文字を習い始めたのだから、本を読みたいでしょう」

そう言って、優しく微笑む。なぜかその仕草に、カインは、意味がわからないほど〝ドキドキ〟してしまった。それを誤魔化すように視線を泳がせる。一冊の淡く光っている本の背表紙が視界に入った。

「なんだ、あの本?」

おもわず、口から出てしまった。

「？　？　カイン？　どの本です？」

リディアがカインのつぶやきに反応して聞いてくる。

「えっと、その上の段の右側にある青い本です」

周りと比べると、ひと回りくらい太い青い背表紙の本を指さした。

「もしかしてこの本の事？　私には光っているようには見えないけど」

リディアがカインが指さした、青い本を本棚から引き出しカインに渡す。

「〝勇者の書〟？　なんだこのベタな本は？」

決して、上手ではない金色の文字で〝勇者の書〟と書いてあった。

「カイン、あなたこの文字が読めるのね！」

リディアが吃驚して、声を上げる。

――しまったぁぁぁー！　つい読めたから読んじゃったよ。よく見ると日本語じゃないか！

カインは、自分の失態に頭を抱えた。

「カイン、ちょっと来なさい!!」

リディアは、興奮した様子で片方に青い本を、もう片方にカインを抱えルークの執務室に走って行く。カインは、されるがままルークの執務室に連れていかれた。

「あなた！　入るわよ」

〝あ〟の時には、すでに扉を開けているくらい興奮しているリディアは珍しい。中のルークは沢山の決裁書に囲まれながら目を見開いてびっくりしていた。

「リディア、何事だ!?」

「リディア様、何事ですか!?」

ルークの執務室で一緒に仕事をしていた、いつも冷静なランドルフもびっくりした声を出していた。

「カインが、この勇者様の本の文字を読んだの!!」

目を見開いたままのルークとランドルフは、あちゃーと頭を抱えているカインを見た。

「カイン、そ、それっほ、ホントなのか」

驚愕しすぎて、舌が回っていない状態でルークがカインに問う。

「はい……」

下を向きながら、答える。その姿を見てルークは、はたと気づき、

「カインこっちに来なさい」

と言って、自身も執務室の隅に向かい小声で質問をする。

「カイン、これは〝例〟のせいか？」

「たぶんそうだと、先ほどから少し頭痛がします」

「わかった、私に任せなさい」

部屋の隅でコソコソと話している、夫と息子を疑惑の目でリディアは見つめていた。

「うぅっほん」

わざとらしい咳ばらいをルークは行い、リディアを見ながら説明を始める。

「カインが勇者様の字をなぜ読めるかの件は、しばらくの間私に預からせてほしい」

〝ギロッ〟と眼力を強めるリディアに負けずに頑張るルーク。

「こ、これはカインの身を守るためなのだ」

額から可哀そうなくらい冷や汗を垂らしながら、説明を続けるルーク。

「カインの身を守るためなのですね」

一文字、一文字ゆっくり区切りながらリディアが再度ルークに問う。

まさに、〝ギギギ〟と音が聞こえそうなほど、ぎこちなくうなずくルーク。

「わかりました。ランドルフも時期が来るまで、ルークが隠していることを追求しないように」

リディアの言葉にランドルフは、恭しく礼をする。

「なぜ、読めるかは置いといて、カイン。この本はカインの一二代前の〝勇者様〟が書き残しサンローゼ家に伝わるものです。ですが、〝勇者様〟の文字を私達子孫は、ある時を境に読めなくなってしまったのです。それが意図的になのか、そうでないかは今ではわかりません。お義母様、カインあなたのお祖母様ね。それは、残念そうに教えてくれたわ」

「母上は、俺にそんな事教えてくれなかったぞ」

実母にそんな大事な事を教えてもらえずショックを隠せないでいるルーク。

「あなた。お義母様が、生前良くおっしゃってたわ。ルークは父親に似て大局を見定めるのが得意だから、小さな事はリディアに任せると。だからお義母様はあなたに伝えなかったのよ」

リディアは、カインをふと見て〝ウィンク〟をする。

「そうか、俺は大局を見定めるのが得意なのか。うんうん」

――おい、おい、父さま？　細かい事はできないって言われてますよ。本人が良ければ良いか。

両親を見て仲がいいなと思うカインだった。

仲良く掛け合い漫才みたいな事をしている二人を生暖かい目で見つめていると、その視線に気付いたルークが居住まいを正して、誤魔化すように、

「カイン、明日から書庫の入室を認める。その〝勇者様の書〟を含めて蔵書を読む時は、書庫を使うように。使い方のルールは、ランドルフに教えてもらうように」

「畏まりました」

とランドルフが応える。

「それでは、カイン坊ちゃん。書庫に参りましょうか」

ランドルフが執務室の扉を開けた。

「旦那様は、今日中の書類の決裁を私が戻るまでにお願いします」

カインを執務室の外に誘導しながら、ルークに釘をさすのを忘れない、ランドルフは、優秀な家宰だった。

二人で書庫の扉の前に着いた。
「まず、書庫の使用のルールですが、使用している時は、必ず扉を開けておいてください。これは、使用中であることを示します。先々代の時に、読書中に本棚が倒れたのですが、発見が遅れる事故がありできたルールです。扉を開けておけば、メイドか執事が定期的に中を確認し安全を確認します」
その後、飲食禁止や魔道ランプの使い方などの説明を受けた。ランドルフが書庫を出た後、カインは魔道ランプの下で〝勇者の書〟を読んでいた。

カインは、辞書ほどの厚さのある〝勇者の書〟の表紙をめくる。そこには日本語で「二〇一九年現在、東京で一番高い電波塔は？」と書かれていた。

――二〇一九年？　結構最近じゃないか！　あっ……でも俺がいたのが二〇二五年だから六年くらい昔になるのか？　まあいいや。二〇一九年だから。

「スカイ〇リー」

〝勇者の書〟の問いにカインが答えると、本が淡く光り、勝手にページがめくれ始める。開かれたページには、日本語で勇者からのメッセージが書かれていた。

「初めまして、同郷の方よ。私は、遠藤一と言います。二〇一九年の四月に日本から転移召喚でこの世界に来ました。召喚された理由は、魔族の王が今住んでいる国を多くの魔物と一緒に攻め込んで来ていて、国を救ってほしいと。当時すでに四〇歳でしたが、多くの運に救われなんとか魔物を倒しました。しかし、戦いに疲れた私は魔族の王と和解の道を選び、戦いを終わらせました。その後、今の妻と結婚をし三人の子供にも恵まれ人並みの幸せを手に入れました。しかし、やはり日本が恋しく同郷の人がいないか方々探しました。でも出会う事はなかった。そこで、もし同郷の方がこの世界に来て寂しくないように、少しでも楽しく過ごせるように、〝役立つであろう事〟をまとめた本を残します。願わくば、あなたの新しい人生に幸多からん事を。――P.S.友人の付与魔導士に作ってもらった【解析】スキルが使える眼鏡も同封します。――P.S.2もしサンローゼの子孫が困っていたら助けていただきたい。お願いします」

「おおっ、ご先祖様が〝勇者〟だったと聞いてたけど、日本人の転移者だったんだ。まさか、ご先祖様も子孫に日本人の転生者が生まれると思ってなかったかもなぁ。しかし、〝役に立つであろう事〟とか書いてあったけど何を残してくれたのかな？」

パラパラと本をめくると、そこには日本人のソウルフードの米の栽培方法、味噌、醤油、みりん、ケチャップ、ソースなどの調味料の作り方、魔法を使っての電化製品の再現方法の考察などが書いてあった。

「これは、いい物を貰ったぁ。楽しく新しい人生を過ごせそうだ」

まだまだ、沢山の〝役立つであろう事〟が書いてある本を見ながら何から手をつけるか考えていたところで、カインは当初の目的を思い出した。

「そうだ！　〝そろばん〟もこの本に書いてあったって言えばいいんだ！　本当に書いてあったりは……しなかったね。まっいっか。僕しか読めないし」

問題が一つ解決して、とても嬉しいカインだった。

「後は、この世界に〝そろばん〟が存在するかの確認だね」

カインはそろばん八号だけを持って、ルークとリディアを探すと談話室で夕食前の〝香茶〟を飲んでいた。

「父さま、リディア母さま、これを見てください」

カインは、持ってきたそろばん八号を見せる。

「この、玉が沢山ついている物はなんだ？」

ルークがカインの持っている、そろばん八号を不思議そうに見ながら質問してきた。

「これは〝勇者様の本〟に書いてあった、〝そろばん〟という物で算術を行う時に役に立つ道具だそうです」

いかにも〝勇者様の本〟に書いてあった体で説明をする。

「〝そろばん〟？　初めて聞く道具の名前ね。それがどうして〝算術〟の役に立つのかしら？」

リディアがそろばん八号をカインから受け取り、手に取って見ていた。

カインは、二人にそろばんを使ってのたし算、ひき算、かけ算、わり算の説明をし、そろばんを使うと間違えにくく、早く計算ができる事をプレゼンした。

「「こ、これは、すごい（わ）!!　ランドルフはいるか（いますか）？」」

二人の声が重なる。

「お呼びになりましたか？　旦那様、奥様」

呼ばれるのを待っていたかのようなタイミングで、談話室の扉が開いた。

——びっくりしたぁ！　どこかに監視カメラとかあるのかな？　それとも特別なスキルか？　ランドルフ恐ろしい子。

カインは扉から入ってくるランドルフを見つめた。

ルークもリディアも慣れているのかランドルフに、そろばん八号を見せカインから聞いた説明をし

ている。三人で「これは！」とか、「良いな」とか、「早速」とか話しあっている。しばらくすると三人はカインに近づき囲んだ。

「カイン、これはどうやって作ったのだ？」

「これの作り方を知っているのはカインだけかしら？」

「カイン坊ちゃま、これは一日何個くらい作れますか？」

三人は、ほぼ同時にカインに聞いてきた。カインは少し後ずさりしながら、

「僕が、【土魔法】で作りました。【土魔法】で作ったので作り方を知っているのは僕だけだと思います。同じもので良ければ、一日に一〇〇個でも二〇〇個でも頑張れば作れます。こんなの作ってごめんなさい」

最後は三人の圧が強く、悪い事はしていないのだが「ごめんなさい」と言ってしまった。

「ごめんなさいね、カイン。あなたを叱っているわけではないの」

リディアが、優しく抱きしめながら頭を撫でてくれた。

「すまんな、カイン。このそろばんがサンローゼ家を救うかもしれないと思ったら、つい力が入ってしまった」

ルークが同じく頭をなでながら言う。

「申し訳ございません、カイン坊ちゃま。私も久々に興奮してしまいました」

ランドルフが深く頭を下げる。

「もう、大丈夫だよ」

――体が小さいから、上から大きい声で言われたから不覚にもビビッてしまった。

カインは、にっこり笑いながら三人の謝罪を受け入れた。

「それじゃあ、そろばんを作ってみせるね」

「ちょっと待ってて」と言って外に行き〝そろばん〟を作れるくらいの土を布袋に入れて取ってきた。

三人の目の前で【クリエイトクレイ】を唱えそろばんにした。

三人は、そろばん八号と同じにできた、そろばん九号をまじまじと観察し同時に頷いたのであった。

その日から、毎日午後は、そろばんを作る日々となり、合計二〇〇〇個できるまで続いた。

――おかしい？　なぜだ？　アリス姉さんのために作ろうと思っただけなのに？

カインは、目の前にある二〇〇〇個のそろばんを見て思った。

カインが作った〝そろばん〟は、商業ギルドに持ち込まれて登録された。登録すると、商業ギルドで開発者が登録され、開発した順番がわかる。最初の開発者は類似品が出回った時にロイヤリティを販売者にかける事ができるらしい。そのために、サンローゼ家が作った事を表す〝貴章〟を追加する作業が増えたのは仕方がない。でも、結構大変だった。
どれが類似品かどうか決めるかで、揉めそうと思って質問したら、判断するのは商業の神様であるヘルメ様との事。確かに、神様の判断じゃ誰も文句は言わないだろう。

カインは、数日後にはそろばんの最初の開発者と認められ、ルークもリディアも凄く喜んでいた。

もっとびっくりしたのは、そろばんを一つ金貨三枚で売ったらしく、全部で金貨六〇〇〇枚になった事だ。

この世界には、銅貨、銀貨、金貨、白金貨があり、それぞれ一〇〇枚で繰り上がる。銅貨を一〇円としたら、金貨一枚が一〇万円で、金貨六〇〇〇枚だと六億円である。そりゃ、喜ぶか。

そろばんは、直ぐに完売したらしく追加で一〇〇〇個ほど作った。これでしばらく大丈夫だろう。

多少は借金も返却ができたと思うし、予算がなくてできなかったルークの悩みも少し軽くなるかな？

カインが追加で作った一〇〇〇個のそろばんを執務室に持っていくとルークが笑顔で迎えてくれた。

「カイン、今回は本当に助かった。カインのおかげで冬までに城壁の修復や街道の整備ができそうだ。カインへの取り分についてリディアと相談したんだが、カインの望む物をあげようとなった。何が欲しい？」

——道雄であれば、大人なので売り上げの半分を要求するけど、六歳のカインではお金を持っていても使えないし、そうだ。

「はい、父さま。カインは今度サツマを焼いたら二本食べたいです」

現在のカインで食べられる甘い物を要求した。

ルークは、目を見開いてびっくりしていたが、しばらくすると。

「良いぞ、カイン。良いぞ今度サツマを焼いたら二本食べて良いからな、私はカインが息子で誇らしい」

笑いながら、カインの頭をグリグリ撫でまわしながら言った。

「やったぁ！」

――ふふふ、これで自分で作っているサツマを一度に二本食べれるぞぉ　YES！

サツマを沢山食べられる事に喜ぶカインだった。

カインは、ルークの執務室を出て書庫に向かった。そろばん作りが忙しく勇者様からの贈り物を受け取っていない事を思い出したからだ。執務室に入って、魔道ランプを灯し〝勇者の書〟を開く。

「うーん、どこに入っているんだ？　眼鏡なんて入るところないけどな？」

〝勇者の書〟持ち上げたり、裏にしたり色々探してみる。背表紙を触っていると何かに引っかかり引っ張った。

〝コトンッ〟と音がして小さい眼鏡みたいなものが落ちていた。

「この眼鏡、大きさが一〇㎝くらいしかないけどどうやって使うんだろう？」

小さい眼鏡の耳にかけるフレームを開いてかける動作をすると、手の中のそれがカインにぴったりな大きさに変化した。

「すごいな、これサイズ調整の魔法が付与されている？　よし、かけてみよう」

眼鏡をかけたが、特に変わりがない。説明書とかないのか？　と考えたら目の前にウィンドウが開いた。

「やあ、贈り物を受け取ってくれてありがとう。使い方を説明する。この【解析の眼鏡】は、気づいた通り【拡大と縮小】の魔法をかけてある。使わない時は、小さく、使用する時はちょうど良い大きさになる。次に【解析】の使い方だが、【解析】したい物を視界に入れて【解析】と思うと目の前にあるようなウィンドウが開き解析結果が表示される。君の役に立つ事を願っている」

カインが最後まで説明を読むとウィンドウが閉じた。

「これで、俺もチートの仲間入りかな?」

異世界生活が、さらに楽しくなったとカインは思う。

「あっ、もしかしてこれで【魔法陣魔法】が使えたりする? ステータス・オープン」

ステータスボードを開き、【魔法陣魔法】の説明を確認した。


〜〜〜〜〜〜〜〜〜〜〜〜〜〜〜〜〜〜〜〜〜〜〜〜〜〜〜〜〜〜〜〜〜〜〜〜〜

【魔法陣魔法】
・魔法を魔法陣に解析するためには、べつに【解析】スキルが必要な上級スキル
中略
・レベル1：魔力インク作製、魔法陣作成、魔法陣転写

〜〜〜

「勇者様、グッジョブです。あきらめていた【魔法陣魔法】をこれで使えそうです。ありがとうです」

カインは、【魔法陣魔法】の魔法を調べた。

～～～

・レベル1：魔力インク作製〈魔法陣を作成し描くためのインクを作製〉魔力：三〇

　魔法陣作成〈解析した魔法を魔法陣に変換し作成する〉魔力：五〇

　魔法陣転写〈作成済みの魔法陣を物に転写する〉魔力：一〇〇

　※この魔法に呪文はない。魔法名を唱えて効果をイメージし使用する

～～～

「なんか、怪しい感じの説明だなぁ？【解析】のせいかな？まずは、【魔力インク作製】からかな？インク瓶をイメージしてっと【魔力インク作製！】」

カインは、水を掬うように手の形を作り、手のひらに〝インク瓶〟があるようなイメージをした。手に魔力が集まるのがわかり、数秒後手の上に青色い輝くインクの入った瓶が現れた。

「すごい、瓶まで一緒に作れちゃった。さすが、〝魔力インク〟ってだけに魔力を感じる」

〝魔力インク〟の入っている瓶をしげしげと見て、【解析】と唱えた。

ウィンドウが開き、〝魔力インク〟の解析結果が表示される。

～～～～～～～～～～～～～～～～～～～～～～～～～～～～～～～～～～～～

【魔力インク】

・【魔力インク作製】の魔法で作られた魔力のこもったインク（青）。主に【魔法陣作成】で作成した魔法陣を物に書いたり、転写する時に使用する。【魔法陣転写】魔法を使う時は、瓶のふたを開けて使用する

～～～～～～～～～～～～～～～～～～～～～～～～～～～～～～～～～～～～

「なんか、手間がかかる制限の多い魔法だな。次は、【魔法陣作成】だけど、その前に魔法を解析しなければならないから、外の方がいいかな？　あれ、確かスキルレベルマイナス一レベルの魔法じゃないとダメだったぁぁぁ」

衝撃の事実を思い出したカインは、両手を床につけてうなだれた。

「しばらくは、【魔力インク作製】を使ってスキルレベルが上がるのを待つしかないか……」

ふと、見るとそこに魔道ランプが灯っていた。

「魔道ランプの魔法は、【解析】できないかな？　【解析】」

するとウィンドウが開き、ものすごい速さでなんの文字かわからない記号のようなものが大量に表示された。それは新聞の文字の大きさで、新聞紙を開いた大きさのウィンドウいっぱいに書かれていた。

「そうか、魔法を【解析】でこの状態にしてから【魔法陣作成】を使うのかな？　試しに唱えてみようかな？　〝魔法陣作成〟！」

今度は、【解析】で表示されている文字がウィンドウ上で消えたり、ウィンドウ上の沢山の文字が象形文字に変わった後、移動して直径十五センチの円のような形を作り、その内側にも同様の象形文字の小さな円がいくつも描かれている。

魔法陣が描かれる間、カインは少し頭痛を感じた。

「これが、魔道ランプの魔法陣？　かな？　うーん、そうだ【解析】」

魔法陣とは、別のウィンドウが開き説明が表示される。

「【生活魔法】の【光】の魔法陣」

「なんか、魔法陣が作成できちゃったぞ？　でもなんでだ？　【生活魔法】ってなんだ？」

疑問がどんどん増えていくカインだった。


「とりあえず、この【光】の魔法陣をどうにかしないと。えーとぉ、羊皮紙に写してみよう」

カインは書庫の机の上にあった羊皮紙を広げ、魔法インクの瓶を置く。

「【魔法陣転写】」

呪文名を唱えると、ウィンドウの魔法陣が消え魔法インクが浮かび上がった。そして羊皮紙の上に移動し【光】の魔法陣が自動的に描かれ、一瞬光ると羊皮紙に写った。

「よし、上手くいった。やっと【魔法陣魔法】が使えたね。どうやって使うんだろう？　【解析】」

再度ウィンドウが開き説明が表示される。

「【生活魔法】の【光(ライト)】の魔法陣。魔法陣に触れ魔力を流すと使用できる」

「【解析】、なんて便利なんだぁ。勇者様ありがとう」

さっそく、カインは【光(ライト)】の魔法陣に手を置き魔力を流した。【光(ライト)】の魔法陣が消え、羊皮紙の上にゴルフボールほどの光の玉が浮かび光っていた。

「やったー【光(ライト)】魔法使えたぞー、魔法を魔法陣にすれば、どんな魔法もスキルなしで使えるんじゃないか？　いいね！　どんどん可能性が増えていくね」

未来を思い浮かべてワクワクしてくるカインだった。

「早く【魔法陣魔法】のスキルのレベルを上げないと。レベルアップまでの経験値とか回数がわかればいいのに」

そうつぶやきながら、ステータスボードを開く。すると【魔法陣魔法】のスキル表示の横に見慣れない記号が追加されている事に気付いた。


～～～～～～～～～～～～～～～～～～～～～～～～～～～～～～～～～～～～～

【魔法陣魔法】▼
・魔法を魔法陣に解析するためには、べつに【解析】スキルが必要な上級スキル
中略
・レベル1：魔力インク作製、魔法陣作成、魔法陣転写

〜〜〜〜〜〜〜〜〜〜〜〜〜〜〜〜〜〜〜〜〜〜〜〜〜〜〜〜〜〜〜〜〜〜〜

「これは、なんだろう?」

カインは、〝▼〟を押すイメージをすると、もう一枚ウィンドウが開き右上に小さく【光(ライト)】の魔法陣が表示されていた。

「もしかして、作成した【魔法陣】をストックできる? これは、色んな魔法の魔法陣を集めたくなるね。やる事がいっぱいあるってこんなにワクワクするんだ」

カインは、嬉しくて踊っていた。

しばらく踊って嬉しさを十二分に表現した後、カインは疑問を解決するためにランドルフを探しに出た。廊下で出会ったメイドに居場所を聞き、使用人控室に向かった。

〝トントントン〟カインは、ノックの後扉の前でランドルフに声をかける。

「カインです、ランドルフいますか?」

扉が開きランドルフが出てくる。

「カイン坊ちゃま、どうされました? 飲み物ですか?」

「ランドルフに教えてほしい事があって来ました。いいですか?」

「はい、大丈夫ですよ。私にわかる事であればなんでもお聞きください。中でお茶でも飲みながらいかがですか？」

カインは、控室に入りテーブルの椅子に座った。

「えっと、【生活魔法】って何かわかる？〝魔道ランプ〟を調べてたら出てきたんだ」

ランドルフは、少し考えるそぶりをした後話し始めた。

「【生活魔法】は、現在諸説ありますが、先日カイン坊ちゃまが読まれた本を書かれた〝勇者様〟が作られたと言われています。【生活魔法】は、魔力を持っていれば、誰でも覚えられるとても便利な魔法です。ただ一つ制限があるのは、人によって覚えられる〝数〟が異なる事ですね」

「へー、変わった魔法なんだね。僕でも覚えられるかな？」

「覚えられますよ、教会に行って一つ毎に決まった金額のお布施をすれば授けていただけます」

カインは、神様じゃなくても授けられるなんて変なのと思った。

「ふーん、ありがとう。屋敷で【生活魔法】が使える人は誰か教えてもらえる？」

「確か、料理長が【点火】と【浄化】を、メイド長が【クリーンアップ】と【ブロウ】。私が【光】と【冷却】ですね」

「ありがとう。ランドルフ【冷却】を使ってもらえる？」

ランドルフは、自分のお茶に【冷却】を使って見せてくれた。カインは【冷却】の魔法陣をゲットしたのだった。

アリス＝サンローゼは、サンローゼ家の第四子で長女だ。母は、リノール＝サンローゼで、アリスにとても優しい母だった。しかし、アリスが七歳の時に子供達を残し亡くなってしまった。その時、リノールは、アリスに【身体強化】のスキルを授けた。リノールの最期の言葉をアリスは守り続けている。

「私の大切な可愛いアリス。ありがとう私の娘に生まれてくれて。幸せになるのですよ。カインを守ってあげてね」

それ以来アリスはいつもカインを守ろうと頑張っている。辛い時は「だってカインのお姉ちゃんだから」と言い聞かせて。しかしカインが五歳の時二人で階段の上で遊んでいる時に、誤ってカインが階段から落ちてしまった。しばらく動かなかったカインを見てアリスは、死んでしまったかと思いリディア達を呼びに行ったり、必死に声をかけたりし続けた。自分を責めて絶望し心壊れそうになった。カインが目を覚ました時は、安堵で泣き始めてしまったほどだ。

それからアリスは、カインが元気になるまで、甘いものを我慢したり毎日神様に「カインが一日でも早く元気になるように」とお祈りを続けた。神様が願いを聞いてくれたかは、わからないが、しばらくしてカインは元気になった。でも、元気になったカインは、あまりアリスの後をくっついてこなくなり、近頃は少し寂しいと感じている。

カインは、元気になった後〝洗礼の儀〟に行って、【土魔法】のスキルを授かった。その他にも授かっているがアリスは覚えられなかった。儀式の後、カインの朝早くから庭を走る姿を見るようになる。早起きが苦手なアリスは、トレーニング後の汗を少し浮かべた輝く笑顔でカインに「おはようございます、姉さま」と言われるのが日課になっていた。

カインが魔法を使おうとして怪我をした。ルークがすごい形相でカインを叱っていたが、アリスは逆に少し嬉しかった。怪我をしたことで、カインの看病ができて一緒にいられる時間が増えたからだ。

ベンジャミンが帰ってくると、またカインと遊ぶ時間が減ってしまった。カインは、ベンジャミンに【魔力操作】を教わっており、アリスはそれを遠くから隠れて見る日々が続いた。【魔力操作】の訓練は、すごく大変そうに見えたが、カインは楽しんでいた。そんな一所懸命なカインが羨ましく、アリスもベンジャミンに【魔力操作】を教わった。しかし、〝循環〟までしかできず、その後も訓練を続けているが六か月たった後も〝放出〟ができずにいた。今もあきらめずに訓練を続けている。

最近、アリスは家庭教師のソフィアと入学試験勉強を始めた。一〇歳になったら騎士学院に入学するための試験勉強なのだが、とても苦労している。特に、算術で四苦八苦している。繰り上げのたし算でいつも間違えてストレスが日々溜まっている状況だ。そんな時外で遊んでいるように見えるカインを見てストレスが爆発してルークに不満を漏らしてしまったほどだ。

カインが〝そろばん〟を作りルークとリディアが喜んでいる姿を見てまた、ストレスが溜まっていていた。今も計算がうまくできないイライラと、カインばかり両親に褒められている様子を思い出しながら、アリスは屋敷の廊下を歩いていた。

「アリス姉さま～」

カインがあふれる笑顔で走ってきた。カインの天使のような笑顔を見た途端、アリスの爆発寸前のイライラが吹き飛んだ。

「どうしたのカイン？」

アリスは自然と笑みがこぼれる。

「これ、アリス姉さまのために作りました」

カインは、隠していた〝そろばん〟を渡した。


こうしてアリスはアリスのためだけにカインが〝そろばん〟を作ってくれた事にとても感激し、苦手な算術も逃げずに取り組むようになっていった。毎日、毎日輝く笑顔で慕ってくれるカインを見てアリスは、

「お姉ちゃんカインを守れるように頑張るからね」

と今一度決意を固めたのだった。

5章
道を作ろう

【魔力操作】、【土魔法】、【魔力量無限】、【魔法陣魔法】と順調に授かったスキルを使えるようになったカイン。でも、もう一つのスキルをカインは授かっている。だが、なかなか使う勇気が出なかった。

それは、亡き母、リノールから継承した【回復魔法】だ。

カインは、ステータスボードを見て悩んでいた。

〰〰〰〰〰〰〰〰〰〰〰〰〰〰〰〰〰〰〰〰〰〰〰〰〰

名　前：カイン＝サンローゼ
年　齢：6
レベル：2
称　号：なし（地球からの転生者土田道雄）
中略
スキル：【土魔法：レベル2】、【魔法陣魔法：レベル1】、【回復魔法：レベル1】、【魔力量無限】
【魔力操作：レベル2】

〰〰〰〰〰〰〰〰〰〰〰〰〰〰〰〰〰〰〰〰〰〰〰〰〰

「【回復魔法】……リノール母さまからいただいたスキル。【魔力操作】を覚えたけど、まだ一度も使ったことがない。〝洗礼の儀〟の後一度だけ確認して以来【回復魔法】をなんとなく怖くて再確認していなかったな。今日こそは、どんな魔法が使えるかぐらいは、確認したい。急に使わなくてはならない時に、使えないと取り返しがつかないからなぁ」

カインは重い気持ちをなんとか、持ち上げたり、また沈んだり、優に一時間くらい葛藤した後、【回復魔法】の内容を確認した。


〰〰〰〰〰〰〰〰〰〰〰〰〰〰〰〰〰〰〰〰〰〰〰〰〰〰〰〰

【回復魔法】
・怪我や状態異常を回復させる魔法
・回復状態をより強くイメージする事で効果が高くなる
・レベル1：ヒール〈小回復、怪我や傷を癒す。欠損部や失った血液は回復できない〉
魔力：一〇
ディス＝ポイズン〈下級毒を消す事ができる〉魔力：一〇

▽

〰〰〰〰〰〰〰〰〰〰〰〰〰〰〰〰〰〰〰〰〰〰〰〰〰〰〰〰

「最初に確認してから何も変わっていないな。今まで何を恐れていたのだろう。やっぱり最初は【ヒール】と【ディス＝ポイズン】か。毒消し草が必要ないのは便利だね」

カインはあるゲームを思い出して笑った。

「あれ？〝▽〟のこれはなんだ？白い▽は初めてだな？開けてみようかな」

カインは、少し首筋が「ゾッ」としたが、〃▽〃を開けてみる事にした。

「私の、大切なカイン。これが読まれているという事は、願いがかなったのね。わかるかしらお母さんよ。元気にしていますか？　私は、すでに死んでいると思うけど、お母さんはカインの健康と幸せをいつでも願っているわ。アリスと仲良く。お兄さん達、お父様、リディアさんとも仲良くね。必ず、この【回復魔法】のスキルがカインの命を救ってくれると思うわ。だから、カインもこの【回復魔法】を使って他の人を救ってあげてね。愛しているわ、カイン。リノール」

カインは、その場でしゃがみ込んで泣いた。道雄の記憶があるから余計悲しみが深かった。子供二人を残して死んでしまう悲しみ、悔しさ、そして死んでも尚、子供を守ろうとするリノールの深い愛を感じて止め処なく涙があふれてくる。

「ありがとうございます、お母さまの深い愛を感じました。カインは、必ず幸せになってみせます。そして多くの人を救います。そこから見ていてください。ありがとうございます」

カインは、涙が流れるのもそのままに、空に向かってお礼を言い、深く深く頭を下げた。しばらくそのままでいたが涙も止まり、顔を上げた。

「これからは、毎日【回復魔法】も練習して早くレベルを上げるぞ。怪我した人、病気の人を一人でも多く治すんだ」

カインの異世界での生きる意味を見つけた素晴らしい日になった。

❖❖❖

リノールからのメッセージを受け取ったカインは、〝多くの人を救う〟という壮大な目的のために早速行動を開始した。と言ってもまだ六歳児。日本では小学校一年生だ。やっとランドセルを背負って、いや背負われて学校に通い始めたような少年に、大きな事は肉体的に無理だ。道雄の記憶があるので精神的には大丈夫だが、いかんせん身体がついてこない。なのでまずは体力作りとそれぞれのスキルのレベルアップを行う。

〜カインの一日〜

（この異世界では、時間の概念があるが、時計が一般的ではなく全てカインの大体のイメージ）

・6am：起床
・朝ご飯まで、〝循環〟を行いながらランニング（約一時間）
・8am：朝ご飯
・9am：お昼ご飯までアリス姉さまとソフィア先生の授業を受ける
・0pm：昼ご飯
・2pm：昼の食休み後訓練場で【土魔法】と【魔力操作】の練習（約二時間）
・4pm：書庫にて〝勇者様の書〟や他の本を読んで勉強しながら魔力インクを作製する。
・6pm：夕食

・7pm：湯あみ
・8pm：就寝
※【回復魔法】は、一日二〇回を目標に使用する。

これを実施して三か月後【土魔法】と【回復魔法】と【魔力操作】のレベルが上がった。

～～～～～～～～～～～～～～～～～～～～～～～～～～～～～～～～～～

名　前：カイン＝サンローゼ
年　齢：6
レベル：2
称　号：なし（地球からの転生者土田道雄）
中略
スキル：【土魔法：レベル3（UP）】、【魔法陣魔法：レベル1】、UP【回復魔法：レベル2（UP）】、【魔力量無限】【魔力操作：レベル3（UP）】

～～～～～～～～～～～～～～～～～～～～～～～～～～～～～～～～～～

早速、【土魔法】は何が使えるようになったのか確認する。

～～～～～～～～～～～～～～～～～～～～～～～～～～～～～～～～～～～～～～
【土魔法】
・レベル3：サンド〈縦一m×横一m×深さ五〇cmの範囲の地面を砂に変化させる〉魔力：二〇
マッド〈縦一m×横一m×深さ五〇cmの範囲の地面を泥に変化させる〉魔力：二〇
ドライ〈縦三〇cm×横三〇cm×深さ三〇cmの範囲の土、泥、砂から水分を一〇％蒸発させる〉魔力：三〇
～～～～～～～～～～～～～～～～～～～～～～～～～～～～～～～～～～～～～～

「これは、どう使う？　少し考えないとな。【回復魔法】も見てみよう」

～～～～～～～～～～～～～～～～～～～～～～～～～～～～～～～～～～～～～～
【回復魔法】
・レベル2：エリアヒール〈直径三mの範囲生物を小回復、怪我や傷を癒す。欠損部や失った血液は回復できない〉魔力：三〇
～～～～～～～～～～～～～～～～～～～～～～～～～～～～～～～～～～～～～～

「一つだけか。でも範囲回復はいいね。一度に沢山の人を回復させることができるからな。【土魔法】も【回復魔法】まだ低レベルだからこんなものか」

ちょっとがっかりなカインだった。レベルが上がればもっとゲームのように役に立つ魔法が使えると考えていたからだ。

「さて、書庫に行く前にサツマの畑でも見てこようかな。そろそろ苗が大分育った頃だろうし」

カインは、菜園のほうに向かった。菜園では、ガーディが雑草を抜いていた。

「ガーディ！　お疲れ様サツマの様子はどう？」

「カイン様、私が植えた畑も順調ですし、それにカイン様の畑はもっとすごいですよ」

そう言って、カインのサツマ畑を指さす。指さす方向の畑には、畝に沿って苗が青々とした葉を沢山生やしていた。

「あの畝と苗から植えたサツマは凄いですね。ほぼ全部が根を張ったようです。こちらの畑もいつもよりは、根付きがいいですがカイン様の畑には及びません」

ガーディが感心していた。

「来年は、こっちの畑のサツマも苗からにしてみるともっと凄い事になりそうだね」

畑いっぱいの鈴生りのサツマを思い浮かべて思わず笑顔になる。

「楽しみですね」

ガーディも笑う。

「さてとカイン様。私は屋敷に戻りますがいかがしますか？　もう少し畑の様子を見ますか？」

「ううん、一緒に帰るよ」

カインとガーディは、屋敷へ戻る。屋敷の正面玄関に近づくとガーディの表情が曇る。屋敷の門から玄関まで続いている道が泥だらけでところどころに〝水たまり〟ができていた。

「あー、昨日の雨のせいで道が泥だらけだ。少し砂を入れないと旦那様が帰ってこられる時に轍ができて馬車が進まなくなってしまうかもだな。カイン様申し訳ございません、ちょっと裏に戻って砂を持ってきますので、お一人でお戻りいただけますか？」

「うん、わかった……あっ、ちょっと待って」

カインは、覚えたばかりの魔法を思い出す。

「ガーディ、何か地面を均す事ができる板か、大きなヘラみたいなものないかな？」

カインが身振り手振りで説明をする。

「わかりました、いつも道の穴を埋めた後使っている道具を持ってきます」

ガーディが道具置き場に走って行った。

カインは、轍ができかけている道に手をつけて「……【マッド】！」と唱える。一m×一mで深さ三〇cmの範囲が〝泥〟となった。

「よし、うまくいったかな？」

「カイン様、お待たせしました」

ガーディが棒の先端に平らな板がつけられた道具を持ってきた。イメージは、アイスホッケーのスティックに地面に対して並行になるように板がついている感じだ。

「じゃあガーディ、道を泥化したから轍も簡単に均せると思うから〝平ら〟にしてみて」

「これをカイン様が行われたのですか？　魔法をこんな風に使うなんて。良く思いつきますね」

感心しながら、道具を使って轍を均していく。

「これは簡単ですね。すぐ轍が消えます。でも乾くまで時間がかかりそうです」

平らになった泥を見てガーディがつぶやく。

「大丈夫だよ。……【ドライ】！」

カインが呪文名を唱えると泥だった道が平らな土の道に変わった。

ガーディは魔法によって乾いた土の道を触ったり、叩いたりしていた。

「ほぉーこれは凄い！　こんな平らな道を見たことない」

「この部分だけ平らでなんか変だね。どうせなら父さまが帰ってくるまでに全部平らにしちゃう？」

屋敷の門から屋敷の玄関までの道を見渡し、カインは提案した。

「やっちゃいましょうか」

ガーディがその提案に乗ってきた。それから一時間もしないうちに、屋敷の道がきれいに舗装された道へと変わった。

「ガーディありがとう。父さま気づくかな？　ちょっと楽しみだね。でも、気づかないかもね」

とても優しいが、馬車の中でも書類とかを読んでいる忙しい父親をカインは思い出していた。

「ありゃ、ガーディ泥だらけだ。一緒に井戸に行ってきれいにしよう」

「はい」

二人は、やり切った清々しい笑顔で泥を落としに井戸に向かった。

泥を落として、ガーディと分かれ書庫でいつも通りに勉強をしていると、

「カイン？　中にいるか？」

書庫の入口からルークの声が聞こえた。

「はい、中にいます。どうされました？」

カインは本を置いて、入口に向かう。

「あの屋敷の道を平らにしたのはカインか？」

とルークは少し興奮気味に言ってきた。

「ガーディと二人で、轍が目立ったので平らにしてしまいましたが、ダメでした？」

カインは、ちょっとやりすぎてしまったのかと少しドキドキしながら聞き返した。

「いや、すまん。そんな事はない。屋敷の門をくぐったら振動がなくなって吃驚したくらいだ。良くやってくれた。これは、お駄賃だ」

ルークは、カインの頭をなでて銀貨一枚をくれた。

「ありがとうございます。でもガーディと二人でやったので半分こします」

カインは、ルークに褒められて人の役に立ったと嬉しくなった。

「カインは優しいな。ガーディには別に渡しておくから、それは自分で使いなさい」

カインが、再度「ありがとうございます」と言うとルークは去っていった。後日、ガーディからルークから特別手当を貰ったとお礼を言われた。

それから数日後。一日中雨の日がありせっかく平らにした屋敷の道がまた、轍や水たまりのある道に戻ってしまった。

「あーあー、せっかくガーディと頑張ったのに……。同じ事をしてもまた雨が降ったら同じになっちゃうしなぁ。何かいい方法ないかな？　昔のヨーロッパってどうなってたんだろう？」

カインはしばらく考え込み、ある事を思い出した。

「そうだ。石畳の道にすればいいんじゃない？」

手をポンと打ってつぶやいた。


「どうすれば、一番労力が少なくできるかな？」

カインは三〇分くらい悩んだり、書いたり、消したりしながら羊皮紙に計画を纏めていく。
・ストーンの魔法で道に敷き詰める石を大量に作製する
・マッドで道を泥化する。その時の深さは、一〇cm
・ドライで泥を乾かす　※表面は、なめらかにせずに少しザラつかせておく
・石同士はくっつけずに、一cm位の間隔を空けて並べる
「うん、こんなくらいかな？　でもいきなりやると大変だからどこかで試したいけど……そうだ井戸の周りでやってみよう。ランドルフに確認すればいいかな、あとガーディには手伝ってもらわないといけないから、それもランドルフに聞いておこう」

カインは計画書を持ってランドルフを探しに行った。

カインから受け取った計画書をランドルフは一読し、少し考えて、

「わかりました、明日井戸の周りで行ってみてください。その後旦那様と相談します。この通りだと

屋敷の道全部をやり終わるまでに五日くらいかかると思いますが、どうでしょうカイン坊ちゃま？」

「やっぱり、ランドルフは凄いね。僕の見積もりもそのくらいだよ。もう少し人数を増やせば、日程は減らせると思うけど。いないよね？」

「そうですね、言いづらいですが余剰は持たない方針ですから」

「大丈夫だよ、僕が少しずつ良くなるように頑張るから」

「はい、期待していますよ。カイン坊ちゃま」

優しく笑いながら、お辞儀をするランドルフだった。

次の日、カインとガーディは屋敷の裏手にある井戸の前にいた。計画書通りに井戸の周りを石畳にするためだ。井戸には、井戸の中に雨が入らないように屋根がある。〝ポンプ〟は、勇者がすでに広めていたがこの裏手の井戸にはなく、昔ながらの滑車式だ。今回石畳を敷くのは井戸の周りと井戸から屋敷の勝手口までの道とする。
「まずは、石畳を敷く範囲を線で区切ろうかな」
カインは、裏口に立てかけてあった棒を手にガリガリと線を引いていく。その後少し離れた位置にも四角に線を引く。
「じゃあ、まずここに石を出すから【ストーン】【ストーン】【ストーン】……はぁはぁはぁ、まずこのくらいでいいかな?」

カインは、大量の石を魔法で生み出した。その数三〇〇個くらい。

「次に井戸の周りを泥化して、石を並べていこう」

カインは少しずつ井戸の周りを〝泥〟化してガーディと石を並べていく。〝泥〟化しては石を並べ、〝泥〟化しては、石を並べるを行った。最後に【ドライ】をかけて、お昼ご飯までの間に一/四くらい終わった。

「所々、きれいに並べられなかった場所があるけど大体大丈夫かな? ガーディどう思う?」

「そうですか? こんなにきれいに並んでますよ? しかし、これが石畳なのですね。確かにこうすると地面が水浸しになっても石があるので水溜まりもできないし、水も隙間の土に吸収されるしいいですね。ただ、少し人手を増やさないと一日にできる範囲が狭いので屋敷前の道を石畳にする時はやり方を考えるか、もっと効率の良い方法を考えたほうが良いですね」

——やっぱり、ガーディは能力が高い。ガーディと作業できて良かった。

「そうだね、ランドルフとも相談しよう。ガーディもその時は一緒に参加お願いね」

カインはにっこりと微笑みながらガーディに伝えた。

「えっ? は、はい」

カインとガーディは、なんとか夕飯までに井戸周りの石畳化を終わらせた。それを見たルークとランドルフは、こそこそと何かを話し合った後、二人に明日の午前中に執務室に来るように伝えた。

「プレゼンは、上手く行ったかな?」

カインは、ルークとランドルフを見送りながらつぶやく。

❖❖❖

〝トントントン〟カインはガーディと共に執務室の扉をノックした。

「カインです」

「うむ、入りなさい」

ルークの入室の許可と同時にランドルフが扉を開けた。

「ランドルフから計画書を見せてもらった。そして井戸周りの……〝石畳〟と言ったか。あれも見せてもらった。屋敷の道を石畳にする仕事を正式に頼みたい」

「えっ、仕事としてですか？」

ルークからの意外な言葉にカインは驚いた。

「そうだ、井戸の周りだけでも一日がかりなのだから、屋敷の道を石畳にすると五日はかかるだろう。それを仕事にせずに行わせるのは、執政者としてできない」

隣でランドルフが頷いていた。

「そして、屋敷の道ができたら、この街の本通りを石畳にしてほしい」

「えっ、街の本通りですか？　一㎞くらいありますよね」

カインは、何回かしか見たことがないが街の本通りを思い出していた。本通りは、七ｍも幅がある。

「父さま、さすがに二人では無理なのでは？　終わるまでに一年くらいかかってしまいます」

ちょっとイメージしただけでも、罰ゲームのようになっている。

「いや、人を使ってでも二か月くらいで完成させてほしい。そこで、金貨二〇〇枚を予算として使ってよいのでランドルフと一度考えてほしい。ランドルフ頼んだぞ」

「畏まりました」

――二か月後に何かあるのかな？　まぁ、まずは屋敷の道が先だしね。

カイン、ガーディ、ランドルフは、今後の事を話し合うために談話室に移動していた。

「まず、何から始めようか？　石畳を敷く道の大きさを測るところから？　それとも、作業の効率化の相談かな？」

カインは、ランドルフとガーディを見ながら言った。

「カイン坊ちゃま、まず私に石畳を敷く作業の手順をご説明していただけますか？　そこから一日の作業量を計算していきたいですね」

ランドルフの言葉にうん、うん、と隣でガーディが頷いていた。

カインは、昨日の作業内容を図を描きながらランドルフに説明していく。ガーディも昨日の作業でどこが大変だったかとか、こうすると真っ直ぐ並べられるなどを付け加えていた。

「これは、かなりの人数を投入しないと二か月で本通りを石畳化するのは難しそうですね。そもそも前提がカイン坊ちゃまの魔法で七割以上を占めている。これは、ちょっと……」

ランドルフが何やら考え込んでいる。

「僕なら大丈夫だよ。石を並べるのは大変だけど魔法的にはそんなに難しくないし」

自信ありげに伝える。

「そういうわけでは……ふむ」

「今は、泥の中に石を一つ一つ並べる方法だけど、例えば、先に石を全部並べてその上から土をかけて隙間を埋めて、土を泥化して乾かす方法なら時間も短縮できると思うんだけど」

カインが短縮案を出す。

「カイン様、自分は魔法の事は良くわからないですが、カイン様は魔法で石を作って、魔法で土を泥に変えて、それを私達が並べてましたよね。直接魔法で土を石に変えられないのですか？」

ガーディが面白い提案をして来た。

「ガーディ、それ、それだよ。そもそも、魔法はイメージなんだから、イメージをしっかりしてから魔法を使えばできるかも。ガーディ、凄いね！」

カインは、興奮しながら言った。ガーディは良くわからないという表情をしたが、カインに褒められ照れていた。ランドルフが一人だけ考え込んでいた。

「早速、試しに行こう！　いきなりは失敗するとまずいから、訓練場で練習してからだね。ガーディ、行くよ。ランドルフはどうする？」

カインは、ガーディと席を立ちながらランドルフに聞く。

「私は、少し用意をしてから向かいます」

「じゃあ、またあとでね」

カインは、駆け出していた。

カインとガーディは、魔法の練習をしている訓練場に来ていた。

「まずは、小さい範囲で練習をして、大きくしていこう。ガーディ、魔法の準備をするから一m×一mの四角をいくつか描いてくれる？」

ガーディがガリガリと地面に線を引き五個ほど描く。カインはその横で〝循環〟を始める。一m×一mの範囲だと、石と石の間を一〇㎜として八一個の石が必要だから、制御の分も余裕を見て、魔力：一〇〇くらいの魔力を〝循環〟し始める。しかし、一度に大量の魔力を〝循環〟するのは初めてだったため、暴走しそうになる。カインは、暴れる魔力を必死に抑え安定させる。五分ほどかかって安定させてから呪文の詠唱を始める。

「……【ストーン】」

地面に手をついて呪文名を唱えると、ガーディが引いてくれた一m×一mの土が石に変わっていく。発光が収まるとところどころ土のままで、石になっていない歯抜けの石畳ができた。

「ふう、なんとか石に変わったけど、歯抜けがあるな。それに石の凸凹も一定じゃないし。石と石の隙間も一定じゃないからきれいじゃないな」

辛口なコメントをしているカインの横で、ガーディが称賛の目で見つめていた。

「よし、次だけど。イメージしやすいように線を引いてみようかな？　ガーディ手伝ってくれる？」

カインとガーディは二人で碁盤の目のように線を引いていく。

「それじゃ、〝循環〟開始っと……【ストーン】」

カインは再度〝循環〟を行い、呪文を唱え呪文名を唱える。先ほどと同じように地面が発光し石畳に変わった。

「おっ、今度は歯抜けがないな。線があるとイメージがしやすいからかな？　でも線が曲がっているところはきれいに並んでなく歪（いびつ）になってしまったな」

またも、辛口のコメントをしているカインだったが、ガーディは言葉が出なかった。自身は、魔法が使えないし知識もないが、魔法を使える仲間は複数いた。皆一様に同じ魔法を唱えて同じような現象を起こしていたが、カインのように魔法を変質させる者はいなかった。

「よーし、次は線をもっと真直ぐ引いて試してみよう。ガーディお願い」

「は、はい」と言いながら、訓練場の端にあった板を定規替わりにして二人で線を引いた。

「三度目の正直と……【ストーン】」

回数を重ねる度に〝循環〟から呪文を発動するまでがスムーズになっていた。発光が終わるときれいに並んだ石畳があった。

「よおっし！　やっときれいにできた。後は、これを連続発動させられるようにならないとな。そうだ、範囲をもう少し大きくして試してみよう。ガーディ、一m×二mで作ってみようか」

また、二人でガリガリと碁盤の目を作製していく。

カインは碁盤の目に手をつき呪文を唱えると、一m×二mでもきれいに並んだ石畳ができ上がった。

「よし、よし！　成功！　線の補助があれば範囲を広げても大丈夫だな。ガーディ、屋敷の道でやるよー」

「カイン様、大成功ですね。でもそろそろお昼の時間です。その前にお昼を食べませんか？　後は、これの片付けも」

ガーディがそう言って斑に石畳になっている訓練場を指さした。

「そうだね、言われたらお腹がすいてきた。先にお昼ご飯を食べて続きは午後にしよう。ここは、すぐ消すから大丈夫。『デリート』」

カインは、空中を撫でるような動作をして練習用に作った石畳を消した。

❖❖❖

昼食後、カイン、ガーディ、ランドルフは、屋敷前の道に立っていた。

「まずは、線を引いてからだね。一回やるからランドルフは見てて」

カインとガーディは、慣れた手つきでまたもガリガリと線を引いていく。まずは、直線部を先にやる事にした。屋敷前の道は、門から途中までは直線で、玄関前で車寄せのように緩やかにカーブを描いていた。

カインは今日四度目の【ストーン】を唱えた。線を引いた部分が発光が収まると石畳に変わった。

見慣れたガーディは当たり前のように見ていたが、ランドルフは口を開けて驚いていた。

その後、ランドルフは驚きを隠せないまま線を引くのを手伝い、夕食前には屋敷前の道は石畳に変わっていた。ガーディと片づけしていたら、ランドルフがルークを呼んできて完成を報告していた。

先ほどのランドルフ同様口を開けて驚いていた。

その姿を見て、カインはガーディとハイタッチをして喜んだ。


カイン達が屋敷前の道を石畳に変えた日の夕食後、いつも通り家族でお茶を飲んでいる。

「カイン、今日は昨日に引き続きご苦労だった。まさか昨日の今日で終わらせてしまうとは思わなかったぞ」

にこやかな顔して、ルークがカインを労う。

「そうです、今朝裏の井戸の周りを見て感心していたのに、今日はそれ以上なんて。そんなに急がなくてもいいのに」

リディアは少し寂しそうに言った。

「そうよ、なんでカインはポンポンできちゃうのよ、ズルイわ」

不機嫌そうに口をとがらせて、アリスが言ってきた。

「いえ、色々試してたら上手くできちゃって、途中から夢中になってたらつい、楽しくなっちゃって」

ぽりぽりと頬をかきながらカインが答えた。

「楽しい事は、良い事だけど無理はしちゃだめですよ」

リディアが、優しく釘を刺してくる。

「そうよ、また無理をして怪我したらしょうがないからね」

アリスが乗ってきた。

「ごめんなさい、気を付けます」

カインは女性二人から責められ素直に謝った。

「カイン。まぁ、まだ時間はあるから次は、ゆっくり対応しよう」

最後は下を向きながらルークが言う。

「父さま、でも余りゆっくりもできないのも事実なので、本通りは、計画をちゃんと立てて行います。リディア母さまにも、アリス姉さんにも相談したい事がありますし」

カインは、女性陣も巻き込んで進める方針に切り替えた。

❖❖❖

部屋に戻りカインは、これからの事を考えていた。

「まずは、本通りを確認して、傾斜や幅、カーブの大きさなどの計測が必要かな、排水を考えると〝カント〟をつけた方がいいよね、そうしたら、側溝も。うーん、やる事が多いなぁ。道路工事なんてやった事ないし、まずは現場を見てから考えよーあふぅ、おやすみなさい」

誰に言うでもなく、カインは眠りについた。

翌昼、カインはアリス、ランドルフ、ガーディと四人で街を歩いていた。当初は、三人のはずだったが、昼食時にアリスが「カインだけズルイ」と伝家の宝刀をルークに突きつけたため、ルークが折れた結果だ。父さまよ、今からそれだと嫁に出せないぞ？

ちなみに「すぐに迷子になるから」と言って、カインと手を大人しく繋いでいるアリスは上機嫌だ。

しかし、なんだか凄く臭う。鼻を覆うほどではないが、人、動物、食べ物、ゴミ、そしてトイレの臭いがところどころで鼻についた。

カイン以外は、慣れているのか普通にしている。街がこんなに臭うのは、どぎゃんとせねば！　と、何故か方言で新たな決意をするカインだった。

「ランドルフ？　本通りの道幅は七ｍくらいであってる？」

カインが屋敷から全体の半分くらい来たところで尋ねた。

「概ね合っていますがこの先、城門に向かってカーブを曲がる度に少しづつ広くなっていき、最終的には、八ｍになります。城門から奥に進むに従い狭くする事により城門からの侵入者の進行を遅くする効果と城門に向かって退避する場合に退避しやすくする二つの効果があります」

「「へー」」

カインとガーディの声が重なる。

「また本通りは、城門に向かって緩やかに下っています。全長は約一㎞です」

「うーん、結構長さがあるよね。道幅があるからさすがに一日や二日じゃ終わらないし。通行止めにすると領民の生活に支障が出るだろうし……屋敷前の道と同じにはいかないね」

カインが見渡すと道に沿ってごみ箱が置かれ、商店の前には軒先販売用の台などが道にはみ出ている場所が多くあった。

「やっぱり、模型を作って作戦を考えた方がいいかもな。ランドルフこの道の正確な地図か測量結果とかないかな？　あとは、街の配置とか詳しい人を紹介してもらえる？」

カインは、餅は餅屋にまず聞いてみようと思った。


一度屋敷に戻り、調整後担当者を連れてくるというランドルフと別れ、カイン達は城門まで行くことにした。途中、アリスは領民に声をかけられる度に、カインを紹介したり自慢したりしていた。城門まで残り一／三くらいに来ると家の高さが低くなり始め、一階建ての家が増えてくると農地が見えてくる。

この世界は、城壁外は魔物などが徘徊し危険が多いため、ほとんどの農地は城壁内にある。ただ最初からそんなに大きく城壁を作ることはできない。人口が増えると農地は城壁外に広がっていくのが必然である。しかし、城壁外に農地を作ると魔物に襲われるというジレンマを抱えながら領主は領地を運営している。

このサンローゼの領都は、元々は〝大深森林(だいしんしんりん)〟からの魔物の進行を止める砦が始まりの街のため、領主の館は砦を改修し使用している。なので領主の館は、領都の真ん中ではなく壁際にある。よって自然と街は〝大深森林〟と逆側に伸びるように発展していった。結果、領都は楕円形の形をしていた。

そんなわけで、領主の屋敷側の城壁の壁は厚く、高いが城門側の壁は薄く高さも五ｍくらいしかない。ちょっと歪な形をしているサンローゼの領都であった。

「やっと着いた。城門までなんて歩いて来ないからちょっと疲れた」

カインは、近くにあった大きめの石に腰をかけた。

「だらしないわね、まだまだ体の鍛え方が足りないんじゃない？」

アリスが体力には自信があるのか、カインをいじってくる。

「アリス姉さま、喉が渇いちゃった。何か飲みたいです」

上目使いで頼んでみると、アリスは少し照れたような顔をして周りをキョロキョロするとカインの手を引いて、

「城門の兵士番所で何か貰いましょう」

と言って進みだした。カインに甘えられてとても喜んでいるようだ。

――アリス姉さま、チョロイン属性がありすぎです。

カインもにこにこ顔で「はい」と応えた。

三人は、城門の兵士番所で白湯を貰って飲んでいるとランドルフが馬車で迎えに来てくれた。屋敷に担当者が来るとの事なので戻ることにした。帰りは数分で着いてしまった。

屋敷に着いて、リディアとの約束があるというアリスと分かれ、カインは担当者が待っているという会議室に向かった。一五人ほど入れる会議室で騎士団や文官達が、ルークへの報告を行う場所として使われている。

「初めまして、カイン様。私は整備局のチーフをしていますノエルです」

そこにはそう自己紹介をしお辞儀をする、二四、五歳くらいの赤毛で少し細めで、仕事をテキパキ

こなしてそうなキャリアウーマンがいた。

――へ～、担当者って女性なんだね。この国は女性騎士も多いって言ってたから女性の文官も多いのかな？

「はい、初めまして、カイン＝サンローゼです。よろしくおねがいします」

お辞儀をしそうになったカインをランドルフが止める。

「カイン坊ちゃま、家督を継がなくても成人して独立するまでは、貴族の子弟なのですから家臣に頭を下げてはいけませんよ」

ランドルフが優しく諌める。

「じゃあ、早速始めようか。ノエルさ……ノエル。地図か計測結果を持ってきてくれたかな？」

カインは、「ノエルさん」と言いそうなのをなんとかこらえて、用件を伝えた。

ノエルは、フリーハンドの線で作られている、ぎりぎり地図と言えそうな羊皮紙を数枚出してきて、ジグソーパズルのように繋げた。どのくらいの縮尺なのか不明だが、畳一枚くらいの大きさがあった。

「ちょっと大きいな。できれば半分くらいの大きさのはないかな？」

カインは、希望をノエルに伝える。

「ある事はあるのですが、正確ではなくなってしまいます」

「どうしようかな？　この地図だと正確性に欠けるし。本通りの模型を作ってみるかな？　ま、試してみるか。ガーディ、この地図を訓練場に運びたいからテーブルを外に出せるかな？　それと、訓練場にこのテーブルくらいの台とかある？」

「それでしたら、いつも使っている作業台がありますのでそちらでいかがでしょうか？」

「さすが、ガーディ。じゃあランドルフ先に作業台を用意しておくから、ノエルと一緒に地図を訓練場に持ってきてくれない？」

「畏まりました。カイン坊ちゃま」

場所を訓練場に移し地図を広げ、カインはぶつぶつとつぶやきながら指や手で長さを測ったりしている。

おもむろに手を叩き、〝循環〟を始めて魔力を練った後「……【クリエイトクレイ】」呪文名と共に地面に手をつく。

いつものように地面が発光し光が薄れてくると、〝うにょうにょ〟と土が盛り上がり地図サイズの土で作られた領都ができ上がっていた。


「よし、成功！」

カインの前には、土でできたサンローゼの領都が先ほど広げた地図と同じ大きさで再現されていた。

それを見た他の三人は、びっくりし過ぎて固まっていた。

「やっぱり、今日見て回ったところ以外は、想像で作ったからイマイチだね。今度、ゆっくり見て回って正確に作りたいなぁ」

カインの独り言に、ランドルフは目眩を覚えていた。地図があるとは言え、ほとんど街に出た事のないカインが街を再現していた。

便利とかの話ではなく、他家や王家に知れたら大問題である。何せ地図を見て、街を数時間見て回ったら、街攻めの戦略を検討できる立体模型を作り上げてしまったのだから。

「次は、会議室に運べる大きさにするね」

三人の返答を待たずに、カインが呪文を唱え始め気づいた時には、先ほどの約半分の模型が隣にでき上がっていた。

「ガーディ、ランドルフ。これを会議室に運んでもらえるかな？　そこの板に乗せてそっとね」

カインに話しかけられて、ようやく再起動した二人は無言ででき上がった立体模型を運ぶのであった。ノエルはみんながいなくなって暫くして、気づいたらしく地図を抱えて会議室に遅れて入ってきた。

四人で改めて街の立体模型を眺める。カインが皆の意見を聞きながらところどころ再度魔法で修正をしていく。

「こう見ると、本通りは、城門に向かって緩やかに下っているから側溝を作れば水が溜まらなくなっていいね」

「カイン様、側溝とはなんですか？」

ガーディが初めて聞く言葉に反応して質問をしてくる。

「側溝はね、道の端に作る溝で、道に降った雨などを溝に流して水溜まりを作らないようにするんだ」

説明しながら、カインは魔法を使って側溝を作っていく。

「カイン様、側溝に流れた水はどうするんですか?」

今度は、ノエルが質問をしてきた。

「普通は、下水道に流して処理するんだけど、下水道がないから農耕地に溜池を作って貯める? でも何を流されるかわからないからな。ノエル、今は街の排水処理はどうしているの?」

カインは、街に漂う臭いを思い出していた。

「下水道がどういうものか、とても気になりますが。現状街の排水はその辺に流していると思います」

——なんだ、その不衛生な処理方法は。良くそれで伝染病とか蔓延しないものだ。

カインは、頭を抱えた。

「もう少し大きな街だと、城壁外へ排出して溜池に貯めて、スライム処理でしょうか?」

——何そのファンタジーな処理方法。そもそも、スライムはどこからか捕まえてくるの?

カイン以外は、「うんうん」とうなずきながらノエルの説明を聞いていた。

「スライムは、ゴミや汚れた水を見つけるとどこからともなく集まってきて、汚れをきれいにしてくれるんです。汚れというよりは、水以外を取り込んで溶かすが正しいですね」

ノエルがドヤ顔で説明してくる。

カインは、あまり納得できてないが半分諦めて、

「ランドルフ、城壁外へ通じる穴とか開けてもいいかな? 城壁内にスライムを引き込む事はできないし。駄目かな?」

「どのように作るかによりますね。防衛に影響が出なければ可能だと思いますが……何せ前例がありませんからね」

珍しくランドルフが考え込んでいた。

「ノエル、溜池は城壁からどのくらい離れて作れば安全？　一㎞くらいかな？　少し近い？」

「そんなに離さなくても大丈夫です、スライム自体弱い魔物ですし、集まりすぎたら下級冒険者が退治してたりするので」

――ますます、そのファンタジーな感覚が理解できないけど、あまり考えないようにしよう。処理方法に目途が立ったし良いとしよう。

カインは、あまりこの事について深く考えるのをやめた。

❖❖❖

排水の処理方法に目途が立ったカイン達は、話を進めるために石畳化のスケジュール作成を始めた。

いくつかの案が出されたが、お昼前と夕方に三〇分くらいずつ通行止めにして行うように計画した。

理由は、三〇分くらいであれば領民の理解も得られるだろうと。

次にカインがしたことは、リディアとアリスを会議室に連れてきて、石畳のデザインの相談だ。カインが行うと、屋敷前の道のように均一の並べ方になってしまうため、面白みに欠けると思ったのだ。

それに、二人を味方にしておけば、後々ルークの説得が楽になるとの見込みも合わさった結果だ。

「カイン、どのようなデザインなら作れるの？」

リディアが羽ペンを持ちながらカインに質問してくる。

「基本、あまり隙間が空くデザインじゃなければなんでもいいですよ。アリス姉さまそれは〝鳥〟ですか？」

リディアの質問に答えながら、アリスの描いている絵について質問した。

「これのどこが、〝鳥〟なのよ！ 狼に決まっているでしょう。カイン目が悪いんじゃないの？」

顔を真っ赤にして、描いていた絵を隠していた。

「アリス、後でゆっくり考えましょう。カイン二、三日頂戴ね」

リディアとアリスは、楽しそうにあれこれ話しながら会議室を出ていった。

二人が〝石畳〟のデザインを考えている間に、ルークとランドルフと相談して側溝で集めた雨水の排水方法と処理池の作り方について決めた。
・側溝は、道の両側に直径三〇㎝位の土管を作り数m置きに穴を開けて雨水を集める
・側溝を城門手前二〇mくらいのところから地中に潜らせて城壁の外に伸ばす
・地中に潜らせたまま、三〇〇m進んだ位置で処理溜池を作りスライム処理を行う
リディアとアリスのデザインは、作業開始直前になってようやく決定した。
・右側と左側で石の色を変える。右：白っぽく　左：黒っぽく
・基本は、碁盤の目だが一〇〇m置きに道幅一杯を使って草花のデザインに並べた石畳にする

この世界の名前がわからないが、ユリ、ヒマワリ、イチョウの葉、カエデなどとても道が華やかな感じになったと思う。後は、これを実際に作るだけだった。

それから、カインは毎日、二回、三〇分ずつ石畳を作製していく。段々石畳の道が延びるにしたがって見物人が増えていき最後完成直前には、かなりの人数が見学していた。子供達の間には、カインの動作をまねをするのが流行り、カインが呪文を唱え地面に手をつく動作を一緒に行いたいと言う子供が沢山増えていた。

石畳が城門に繋がると、大歓声が上がりお祭り騒ぎになった。終いには、城門から領主の屋敷までカインを先頭にパレードになってしまった。領民が楽しそうだったのでカインは嬉しくなった。これで少しは、人のためになったかなと思いながら屋敷までの道を進んだ。

カインは、本通りの石畳化の終了をルークに報告に来ていた。

「カイン、この一か月半ご苦労だった。屋敷から見ていたが領民もとても喜んでいるし素晴らしいな」

「僕も不思議なのですが、なぜ皆はあんなに喜んでいるのですか？」

「それは、本通りは、この街の中心で馬車が多く通る。しかし雨がひとたび降ると、水溜まりや轍ができて汚れるし、馬車は途中で轍にはまってしまうしで苦労していたんだ。それに、カインが自ら魔法を使って領民のために工事をしてくれているのが、余計嬉しいようだ」

「そうですか、僕も皆の役に立てたようで嬉しいです」

カインは、満面の笑みで答える。

「石畳の道なんて王都でも見た事がない。これが話題になって領外からも人が集まると活気が出るかもな」

ルークがとても嬉しそうにしていた。

「そうですね、もっと活気が出るように、そのうちに領都の道を全部石畳にする事も考えましょうね。父さま」

最後の最後に爆弾発言をするカインだった。

6章
勇者のレシピ？

本通りの石畳化が完成してから一月がたった。石畳化は想像以上に反響があり、本通り以外も石畳にしてほしいとの陳情が商業ギルドを中心に上がってきているらしい。

また、石畳化の効果か毎日本通り沿いの商店を中心にお掃除のボランティアが増えて、以前は昼間でもゴミや馬車の落とすう○ちとかが落ちてたらしいがなくなったようだ。

加えて、バザールが開かれる広場を石畳にしてほしいとの依頼もきているらしく、依頼なので商業ギルドから依頼料を貰えると、ランドルフが試算をしていた。カインとしては、人の役に立てば元手がゼロなのでお小遣い程度で良いと思っている。

そうこうしているうちに他領にも噂が伝わり、寄親で隣の領のシールズ辺境伯が視察に来るらしい。カインは、二、三歳の時に会っているらしいが小さすぎて覚えていない。シールズ辺境伯は、リディアの父親なので、ルークにとっては義父のため少し苦手らしい。シールズ辺境伯が視察に来ると説明している時のルークの顔は強張った笑みを口元に浮かべていた。

「父さま、視察との事ですが見せられるところは、本通りと屋敷前の石畳化した道だけですよ。他に何か用意しないとダメではないですか？」

「カイン、我がサンローゼ家は特に特産もないのだ。これから騎士団に周辺の魔物狩りと警備を行わせ、魔物の肉を用意するくらいが関の山だ」

ルークは、辛そうに言った。

「あなた、そんなに卑下する事はないですよ。石畳の道だけで十分です」

リディアがやさしくフォローをする。

「サンローゼ家に何かおいしい料理でもあれば、おじい様をおもてなしができるんだけど……」

アリスがポツリとつぶやいた。

「そうだ、料理です。父さま！　リディア母さま！　〝勇者様の書〟に書いてあった料理でシールズ辺境伯が知らなそうなおいしい料理を出すのはどうですか？」

「「えっ？　〝勇者様の書〟には、そんな事まで書いてあったの（か）？」」

ルークとリディアの声が重なる。

――やっべ、まだ言ってなかったけ、しまったな？

「すみません、少し前に見つけたのですが言い忘れてました、つい忙しくて……ごめんなさい」

カインは、下を向きながら謝罪をした。

「報告の件は、あとでゆっくりと話し合うとして詳しく聞かせてくれ。ランドルフ、料理長を呼んでくるのだ」

ランドルフは「畏まりました」と言った瞬間に姿を消した。

カインは、〝勇者様の書〟を開き勇者様の残したレシピを説明していた。今回は人数が多いので〝勇者様の書〟を会議室に持ってくる許可を特別にもらった。まず始めたのは、〝勇者様の書〟に載っている調味料があるか、ないかの確認だった。

マヨネ（マヨネーズ）、セイユ（醤油）はあったが、ケチャップ、ウスターソース、味噌、みりんはなかった。セイユ（醤油）があったのは、とても助かる。セイユ（醤油）――面倒なので醤油があるのに、なぜ味噌がないのだろう？　追及してみないと。ちなみに少量生産だが、〝米〟もあるらしい。しかし栽培してるのが遠方なので今回は断念した。

次に食材だが、バターはあるがヤギバターで入手はかなり困難らしい。なので牛乳もない。一番欲しかったポタト（ジャガイモ）、トテト（トマト）、オニー（オニオン）、ガリ（ガーリック）は、一般的に手に入るとの事。こんな風に名前が微妙に似ているのは？　なぜだろう？

肉についても、ワイリーブル（牛肉）、オーク（豚肉）、ホーンチキン（鶏肉）と元いた世界と似たような物がある。これでだいぶ〝勇者様の書〟に書いてある料理を再現できる。あとは、どの料理がこの世界にないかを確認するだけだ。

「ロイド料理長、今から説明する料理を知っているか答えてね。

①　ポタトとハムとマヨネを和えたサラダ

②　マカロニとハムとオニーとマヨネを和えたサラダ

③　おもにブル系とオーク肉をミンチにして丸めて焼く肉料理

④　オークの肉を細かいパンで包み油で揚げる料理

⑤　ホーンチキンを塩、醤油で味付けて小麦粉をつけて油で揚げる料理

⑥　鳥の卵に砂糖をいれて作るオムレツ

⑦　ホーンチキンをミンチにして醤油をつけた肉料理

この中で聞いた事や食べた事のない料理はどれかな？」

カインは、話しながら羊皮紙にリストを書いていく。

ロイド料理長は、少しうなりながら答えた。

「①と⑦以外は聞いた事も食べた事もない気がします。ランドルフさんはどうかね？」

「そうですね、③はくず肉を集めて焼いた肉料理に似ていますが、〝勇者様〟が書き残すほどなので違いますかね？」

ランドルフは顎に手を当てて答えた。

「カイン、ロイドに言って全部作ってみたらどうだ？　実際に見て、食べてから判断でも良いんじゃないか？」

ルークが全部作ってみろと無茶ぶりをしてきた。

「わかりました。材料を揃えて作ってもらいます。ロイド料理長、材料のリストを作るので購入が必要な物を買ってきてもらえますか？」

「了解です、カイン坊ちゃま」

にっこりとロイド料理長が答える。

ロイド料理長が一週間をかけてなんとか材料を揃えてくれて、全種類を作ってくれた。一番大変

だったのが〝油〟とは思わなかった。サラダ油なんてこの異世界にあるわけがない。オークの脂身から〝油〟を作ったので少し〝くせ〟が出てしまったが代替品がないので今回は諦めた。

「さあ、お召し上がりください」

食堂に運び込まれた、リストの料理を前にロイド料理長がルークとリディアに言った。

「わかった、まずは食べてみるか。それからゆっくり説明をしてくれ」

ルークが言い終わると同時くらいにアリスとリディアが皿に料理を取り始めた。カインは、試作時に一通り食べているので、全料理がほぼ道雄が食べていた物に近い事を知っており安心して観察している。

「「美味しい(わ)」」

アリスとリディアの声がハモった。アリスは⑥の〝卵焼き〟を、リディアは②の〝マカロニサラダ〟を一口食べて感想を言っていた。

「この柔らかい肉は旨いな。ソースと肉汁が混ざるとより旨い」

ルークが③の〝ハンバーグ〟を食べながら言った。

「オーク肉のパン包みの料理も食感がザクザクとしてそして、肉の旨味が強く美味しいですね」
④の〝とんかつ〟をナイフとフォークで切りながら試食していたランドルフがつぶやく。カイン的にはソースがないので今一つである。
屋敷の中で位が高い者で試食を行った結果、〝マカロニサラダ〟、〝ハンバーグ〟、〝卵焼き〟はシールズ辺境伯でも食べたことがないのではないかとなり、晩餐会のメニューに決定した。

カインは一人、米と一緒に食べたいと思うのであった。

ついに、シールズ辺境伯が来る日になった。この一か月おもてなしをする料理を何度食べさせられたか。カイン以外はとても喜んでいたがさすがに三日に一回出てくると食べ慣れているカインにはつらい日々だった。その成果か、かなり美味しくなったと思う。

家族総出でシールズ辺境伯を玄関まで迎えに出た。馬の軽快な足音を立て二台の馬車と警備の兵士達二〇名が屋敷の前の石畳の道を進んでくる。そして玄関前に停止し御者が扉を開ける。六〇代の壮健な白髪の老人が下りてくる。

「シールズ辺境伯様、本日は遠方よりご足労いただき大変ありがとうございます」

ルークが、深くお辞儀をし挨拶をする。それに合わせ迎えに出ていた全員がお辞儀をする。

「出迎えご苦労。ルーク、少し痩せたのではないか？」

ルークに気安く声をかけ、体をバシバシ叩きながら話しかけた。

「体調は問題ないです。お気遣いありがとうございます。さっ中へどうぞ」

ルークが促すと「うむ」とうなずきシールズ辺境伯は進み始めた。

客間へシールズ辺境伯を案内しメイドが香茶を出す。ソファーには、ルークとリディアが座りその横にアリスとカインが立っている。シールズ辺境伯は香茶を飲むと、話し始めた。

「ルーク、急な訪問で迷惑をかけたようだな。出入りの商人達がこの街の〝すばらしい道〟の話ばかりするものでな」

ルークは、「そんな大した事は」と謙遜しながら首を振る。

次にリディアへ目元を緩めながら話しかけた。

「リディア、元気か。だんだんとそなたは、母アイシャに似てくるのぉ。できれば近くアイシャに会いに来てくれぬか」

「お父様、お久しぶりでございます。お母様は、お変わりありませんか。本日はご一緒にいらっしゃるかと思っておりましたが」

「いや、当初は一緒に来る予定だったのだが、少し前に足を痛めての。泣く泣く断念したのじゃ」

「お母様は、大丈夫なのですか？　何があったのですか？」

少し驚いてリディアが尋ねた。

「いやいや、大したことではない。屋敷の庭を手入れ中に転んだだけじゃ。心配は無用じゃ」

「近いうちに一度お伺いいたします」

ほっと胸をなでおろしリディアがほほ笑んだ。

今度は、アリスとカインの方を見て少しはずんだ声で、

「アリス大きくなったの。もうすぐ学院に入学かの？　もう立派なレディじゃの、それにカインは、立派な男子（おのこ）になったの」

「おじい様、お久しぶりでございます。この度お会いできる事を楽しみにしておりました」

アリスは年齢を覚えてもらっており、褒めてもらったのが嬉しかったのか満面の笑みで応えた。

「シールズ辺境伯様、お久しぶりでございます。カインは六歳になりました」

カインが、シールズ辺境伯に会ったのは、三歳なので当然記憶になく、堅苦しく挨拶をする。

「カインは、アリスのように「おじいさま」と呼んではくれないのか？　寂しいの……」

急にシールズ辺境伯は、弱弱しい老人の演技をしながらつぶやく。

「お父様、ご冗談はその辺で。カインをからかうのは、おやめください。カインが困っております」

リディアがフォローをして、それをきっかけにシールズ辺境伯が笑いだし、みんなが続いて笑い始めた。

「さて、本題だが街に入ってから屋敷までの道じゃが、素晴らしいな。見るのと、聞くのではこんなに違うのかと改めて思ったのじゃ。石畳になった途端、振動が少なくなりスピードは上がるし、それに色がわかれており馬車が走りやすそうだった。一番は通りがきれいな事じゃな」

シールズ辺境伯は顎に手を当てながら、通ってきた〝石畳〟の話をし始めた。

「石畳のデザインはリディアとアリスが考えたものです。色の違いにより通行する場所を定めてから、馬車と馬車の事故が減りました。それに〝石畳〟にしてから領民が自主的に毎日掃除をしてくれるので衛生的になりました」

ルークが石畳化の利点を説明した。

「そんなにか。うーん、ぜひわが街も〝石畳〟にしたいもんじゃの」

シールズ辺境伯が予想通りの言葉を述べた。

――やっぱりね、これを言うために来たんだしね。父さまは、ちゃんと交渉できるかな？

ルーク以外の家族に緊張が走った。

「ご依頼いただければ、全力でご要望にお応えさせていただきます」

――父さま、ちゃんと言えましたね。

家族がほっとしているのがわかった。この「ご依頼いただければ」が大事である。これがないと無料で行わなければならなくなる可能性が十分あった。このために、何度も家族で練習したかいがあった。何せ、寄親で、義理の父親で、借金をしているのでルークが無料でと言ってきた時は説得するのが大変だった。

「あの石畳と同等の物であれば、頼みたいの。条件と期間を言ってもらえるか？」

予想に反して、直ぐに商談が始まった。

「ランドルフあれを、ここに」

ルークがランドルフに指示を出す。これも練習済みだ。

「畏まりました、メイド長、テーブルの上をお願いします」

壁際に待機していたメイド達がテーブルを片づけると、羊皮紙の束と領都の模型をガーディと共に運んできた。

「これは……」

シールズ辺境伯が領都の模型を見て、息を呑むのがわかった。

「石畳を施工するにあたり、まずはこのような模型を作製させていただく必要があります。期間はデザインが決まり施工する道の長さによってお答えさせていただきます。詳細はこちらに」

ルークはここまで一気に説明すると閉じられた羊皮紙を渡す。

シールズ辺境伯は、封を破り内容を確認し同行していた執事の一人に渡し二、三言話し、口を開いた。

「委細承知した。すぐにでも依頼したい」

「「「「えっ」」」」

客間にいる羊皮紙の内容を知っている者全員の声がハモった。何も交渉がなしに依頼されるとは思っていなかったのだ。

「どうした？　何か問題か？」

「いえ、畏まりました。すぐに対応させていただきます」

なんとか再起動したルークが答える。

「うむ、うむ」

シールズ辺境伯が何かを納得した様子で頷いていた。

「して、あれは誰が作ったのじゃ？」

どこまで情報を持っているのか、かなりストレートに尋ねてきた。

「はい、ここにいるカインが【土魔法】で施工しました。詳しくは、夕食後でいかがでしょうか？」

ルークが素早く回答と提案をする。ちなみにこれも練習したものだ。

「そうじゃな、そんなに急いては事を仕損じるか。了解した、夕食後に詳しく聞かせてもらおう」

「お父様、部屋を用意しておりますのでお着替えをされてはいかがですか？　ご案内させていただきます」

リディアがスッと立ち上がり、シールズ辺境伯を案内する。

「そうだな、夕食前に少しさっぱりするか、よろしく頼む」

メイド達と二人が客間を退場する。シールズ辺境伯の関係者が全員退出して扉が閉まるとサンローゼ家の関係者は深いため息をついた。

リディアとシールズ辺境伯が客室に入り扉を閉める。

「お父様、あまりルーク様をいじめないでください」

リディアが少しむくれて言った。

「許せ、許せ、久しぶりに婿殿をからかいたかったのじゃ。成長したではないか、だいぶ練習を積んだようだな？」

楽しそうにシールズ辺境伯がリディアに尋ねる。

「もぉ、ルーク様はかなり頑張ったのですよ、でもさすがにお見通しですか？　本人の名誉のためどのくらい練習したかは伏せておきますが、頑張っていましたよ」

生徒を褒められた先生のようにリディアは喜んでいた。

「しかし、リディアよ。あの街の模型は危険だな。他に詳細を知る者はいるのか？」

すこし、口調をゆっくりに尋ねる。

「いえ、さすがにまだ、お父様だけです。家の者には箝口令を敷いております」

「あれは、下手をすると〝反逆罪〟に問われかねん。十二分に気を付けるのじゃ」

「はい、承知しております」

リディアはシールズ辺境伯の気遣いに礼をして応えた。

「さて、話は変わるが。今夜の晩餐会だが、大丈夫か？」

シールズ辺境伯がすごく心配そうに聞いてきた。

「うふふ、大丈夫ですよ、お父様。今夜召し上がっていただく夕食は特別です」

リディアは、コロコロと笑いながら、シールズ辺境伯の心配事を一蹴する。

「前回は、かなり質素だったからなぁ。あれから少しは豊かになったと報告がきていたから何も持ってこなかったが、不安での」

それでも、心配そうな表情のシールズ辺境伯。

「それでは、安心していただくために少しだけご説明します。今夜の晩餐会のメニューは、〝勇者様〟のレシピを復活させた料理を召し上がっていただきます」

「〝勇者様〟のレシピじゃと！　あの〝勇者様の書〟を読み解けたのか」

驚愕の表情でシールズ辺境伯は、聞き返してきた。

「はい、詳しくは、夕食後にお話しいたしますわ。それまでゆっくりお過ごしください」

びっくりしているシールズ辺境伯を見て、満足そうにリディアは客室を出ていった。

「ふう、なんとか乗り切った……練習の成果が出て良かった」

客間に残ったルークが、倒れこむようにソファに座った。

「旦那様、お見事でした」

とても喜んでいるランドルフが主を称賛した。

「さすがに、親子だな。リディアの読みは適確だった。しかし、満額要求が認められるとは思わなかったから少し焦ってしまったぞ。あのくらいは、シールズ辺境伯になると余裕なのか？　それとも、予想より安かったのか？　夕食後にでも聞いてみるか？」

ルークは、一週間もかけて考えた条件と料金を思い出して素直な感想を言った。

——そうだよな、ルークが俺に提示した料金の二・五倍も要求しているのに……お金はあるところにはあるんだな？

「シールズ辺境伯領は、豊かなのですね。サンローゼ領も頑張りましょうね、父さま」

「おう、頑張るぞ。カイン、期待しているからな」

何か含みを持って返事をするルークだった。

「ランドルフ、そろそろだが、ロイド料理長は大丈夫か？」

「大丈夫だと思います、今朝から気合が入っていましたからね」

ランドルフが静かに答える。

「旦那様も皆様も着替えをして、食堂までお願いします。メイド長、お願いします」

メイド長が頷き、ルーク、アリス、カインは着替えるために自室に戻った。

❖❖❖

食堂には、シールズ辺境伯とルーク、リディア、アリス、カインが着替えを済ませて着席をしている。シールズ辺境伯が上座のお誕生日席に座り、サンローゼ家は、大人と子供に分かれて座っている。

「シールズ辺境伯様。本日はサンローゼ領まで、ご足労いただきありがとうございます。ささやかではありますが、夕食を楽しんでいただければと思います」

ルークが、少し緊張しながら定型な挨拶をする。

「先ほどリディアに教えてもらったが、あの〝勇者様〟の残されたレシピを復活させたそうだな。先程から楽しみでしょうが無かったぞ」

とても興奮した様子でシールズ辺境伯が料理を待ち遠しくてたまらない感じを前面に押し出してくる。

ルーク、アリス、カインがジト目でリディアを見つめる。リディアは気にせず微笑んでいた。

「既にご存知でしたか。説明より、先に召し上がっていただいたほうが良いですね。ランドルフ始めてくれ」

「畏まりました」

ランドルフが返事とお辞儀をすると、食堂の扉が開きメイド達が料理を運んでくる。この世界では、料理を全部一度に出すスタイルのようで、本日の料理が一気に並べられた。

「シールズ辺境伯様、お待たせいたしました。お召し上がりください。メインは肉料理になります」

シールズ辺境伯は、説明が終わる頃にはナイフとフォークを持って食べ始めていた。

「なんじゃ、こっこれは。旨い、旨いな」

シールズ辺境伯は、ハンバーグをモシャモシャ食べながら口に入ったままで感想を述べる。あまりにシールズ辺境伯が夢中で食べているので、食事中に会話もなく食べる事に集中した晩餐会になってしまった。特に〝卵焼き〟が好評で、「もうなくなってしもうた」と悲しそうな表情をされたのでルークが追加を指示。結局三皿も追加で食べていた。

サンローゼ家の全員がほっと胸を撫でおろした瞬間だった。

「いやー、今夜の料理はどれも素晴らしかった。特にあの甘いオムレツは最高じゃった。アイシャにも食べさせてやりたかった」

満足げな表情の後に、残念そうな顔をした。

「そんなに、満足していただいたなら本日の〝レシピ〟をお渡しいたします。ぜひアイシャ様にも召し上がっていただいてください」

ルークが事前決定していた〝レシピ〟の事を言うと、シールズ辺境伯が少し驚きながらも満面の笑みで感謝していた。

「それでは、先ほどの続きをご説明させていただきます」

ルークが少し和らいだ場を察し、話を始める。

「先ほどもご説明させていただきましたように、石畳はカインが【土魔法】で施工したものです。大体、サンローゼ家の本通りの施工で一月半の時間がかかっています。施工時に通りの通行を止めなければならないので時間がかかります。一時的にでも長い時間通行が止める事ができれば時間の短縮は可能になります。また、施工前に先ほどご覧いただいた模型が必要です。大きな理由は……」

ルークは、石畳化のメリットとデメリットを説明し排水処理の施設も説明をした。

「そうなると、数か月はカイン達には我が領に滞在が必要だが良いか？」

シールズ辺境伯がカインを見て聞いてくる。

「大丈夫ですわ、お父様。その際は私も同行しますしね」

シールズ辺境伯の心配事を解消するように言った。

「そうか、それなら安心だな。色々調整が必要だから年が明けてからで頼む。それ以外の条件は文官達と協議が必要じゃから、結果は我が領に来てから話す。しかしじゃ、説明のために実際の施工の方法を視察したいのだが、可能かの？」

「はい、明日になりますがバザールの広場を石畳化いたしますので、それを視察していただければと思います」

ルークが想定要求に対しても淀みなく回答をした。

❖❖❖

バザールの広場は、朝から市も開かれていないのに賑わっていた。理由は、カインが石畳化する事が知らされていたためだ。本通り施工を見れなかった者もそうでない者も集まっている。

兵士達が見学人を整理したが、広場から全員を出す事ができず、最終的に半分ずつ見学させる方式へと変更を余儀なくされてしまった。魔法を半分ずつかければいいのだが、デザインがずれないようにするためにイメージを固める為、模型で練習を三回ほど行ってから実施する事になった。

バザールの中央部分に、シールズ辺境伯とサンローゼ家とカインが集まり、実施の内容を再度説明後カインが呪文の詠唱を始めた。そして呪文名と共に両手を地につけると地面が発光しデザイン通りに石畳化していく。

見学人からは、歓声が上がり拍手が沸き起こった。その後見学人を移動させ、もう半分も石畳化する。先ほどよりも大きな歓声と拍手が沸き起こりお祭りのような賑わいになってしまった。

「これはすごい。想像の遥か上であったぞ。こんな短時間にでき上がってしまうとは。それにこの領民達の反応。これは一日でも早く行わなければ」

うんうんと頷きながらシールズ辺境伯は、満足げにつぶやいていた。

カインは、領民の反応を見てとても嬉しく、また「人の役に立てた」と達成感を感じていた。

シールズ辺境伯は、次の日に「年明けの再会を楽しみにしている」と言って帰っていった。

シールズ辺境伯が屋敷の門を過ぎて見えなくなると、サンローゼ家の緊張の糸が切れた。ルークは家人の者を労い、夕食まで休みを取るように指示し、自身も自室にこもった。

――父さま、お疲れ様です。さすがに、疲れたね。僕も夕食まで寝よう。

カインも自室に戻り夕食まで眠った。

❖❖❖

シールズ辺境伯が帰ってから、しばらくたったある日。カインが午前中のいつもの日課を終えて昼食を食べに食堂に向かうと、とても楽しそうにしているリディアが先にいた。

「リディア母さま、何か良い事でもありました？」

「えっ、わかる？　うふふ、今年の年越しにみんなで帰って来るって手紙が来たの」

そうして、手紙をカインに渡してくる。

手紙はアーサーからで、今年の年越しにはアーサー、ベンジャミン、クリスの三人でサンローゼ家で過ごす事が書いてあった。そして、王都にもサンローゼ領都の石畳の道の噂が届いている事も書いてあった。

――へー、クリス兄さまも帰って来るんだ。クリス兄さまの事はほとんど覚えてないんだよね。俺が小さかったからあまり近付かせてもらってなかったのかな？

「リディア母さま、良かったですね。全員が揃うのは何年ぶりですか？」

「たしか、クリスが学院に入ってから一度も帰って来てないから三年ぶりかしら？」

リディアが首を傾げながら答えてくる。

――かわいい、リディア母さまは天然でこんなしぐさをするから、父さまが浮気とかしないんだろうな。


「楽しみですね」

カインは、嬉しそうなリディアを見て自分も嬉しくなっていた。

昼食後、カインは訓練場の端にある菜園に来ていた。

「ガーディ、お待たせ！　待った？」

「いえいえ、予定通りですよ。ちゃんとお昼は食べてきたのですか？」

ガーディとは、石畳の道を一緒に作ってからとっても距離が近くなったと感じている。最近噂では、整備局のノエルとお付き合いを始めたとか。

それも合わさってか、漂う雰囲気がより柔らかくなり、他の使用人からもあまり怖がられなくなったようだ。

カインは、「身近な人が幸せになるっていいよね」とか思っている。

「もちろん、がっつり食べたよ」

にっこりと笑顔で答えた。

「そんな事より、サツマはどう？　大きく育った？　太い？」

「はい、カイン様の方法がとても良かったみたいで、いつもの一・五倍くらい大きいサツマになってますよ」

そう言って、すでに掘り返していたサツマを見せてくれた。

「おお、ホントだ」

そこには、長さは一五㎝ほどとまだ小さいがぷっくり太いサツマがあった。例年の長さと変わらないが細い小枝のようなサツマと比べたら大きな違いだった。

「カイン様のほうはまだ見ていませんが、葉の大きさも茎の太さも違うのでとても楽しみです」

ガーディは、早く掘り起こしたくてうずうずしながら言ってきた。

「よーし、始めよう」

カインが近くのカイン専用のサツマの茎を引っ張る。

「あっ、あれ？　抜けないぞ！　よぉぉっしょ！」

カインが全体重をかけてようやくサツマが姿を現した。そこには、道雄の時に見た鈴生りになって大きく太く育ったサツマが土からひっぱり出されていた。

「い、やったぁー、大成功！」

「カイン様、すごいですね。こんなに大きなサツマは見た事ないですよ」

「よし、ガーディ、頑張って全部掘り起こすよ!!」

カインとガーディは、泥だらけになりながらサツマを掘り起こした。二人で掘り起こしたサツマが小山のようになっていた。

「カイン様、早く食べてみたいですね」

「チチチッ、ガーディ甘いよ、甘すぎるよう。サツマはこれから年越しの時まで寝かせてから食べないとせっかくのサツマがもったいないんだよ」

「え、こんなに美味しそうなのにですか？」

「年越しくらいまで待ってから食べたほうがもっと甘くなるんだよぉ。ガーディ君。とはいえ少しだけ味見してみる？」

「もちろんです、カイン様」

それから、二人は落ち葉と薪の切れ端を集め〝焼き芋〟を始めた。しばらくすると芋の甘い香りがしてきたが「まだまだ」とお互いに言い聞かせてしばらく待つ。そして、枯れ葉が燃え切ってからサツマを掘り起こした。

カインとガーディは、一個ずつサツマを持って二つに割る。割ると黄金色の甘い香りを漂わせているサツマができ上がっていた。たまらず二人はかぶりつく。

「「う、旨い」」

夢中で食べ続ける二人だった。

――大成功だね。追熟後のサツマがもっと楽しみだ。

年越しの日が今から楽しみなカインだった。

あっ、足が痺れて感覚が……。

「アリス姉さま？　あ、足の感覚がなくなって痛くなってきたのですが？」

「何か言った？　カイン？」

アリスは、氷つくような視線をカインに向けた。

「い、いえ。何も言ってません」

カインは恐怖と足の痺れと自分の愚かしさを感じながら食堂の壁際でガーディと並んで正座をしていた。

「なぜ、こんな事に？」

つい一時間前の事を思い出していた。

カインとガーディは、焼きサツマを堪能し、火の始末をした。その後、サツマの追熟をする為に収穫したサツマを作業小屋に運んだ。農作業で大分泥がついたので井戸で洗い流した後屋敷に入った。
屋敷に入ると、廊下を歩いていたアリスと遭遇した。

「アリス姉さま、休憩ですか？」

と話しかけながらハグをしにいく。少し恥ずかしいが、毎日していたら習慣になり、アリスも喜ぶので続けていた。

「そうよ、やっと休憩をいただけたから香茶を飲みに行くところよ、カインは何をしてきたの？」

「はい、農作業をしてました。もうすぐで収穫です」

「収穫したら私にも食べさせてね」

「もちろんです！」

ここで、いつもなら姉弟の何気ない会話が終わるはずだった。何故、あの時しょうもない嘘をついてしまったのか？　追熟後の〝甘さが増えたサツマを食べさせたい〟と考えたのは、嘘ではない。しかし嘘はダメだった。

「あら？　カイン何かあなたから何か甘い匂いがするのだけど？」

「えっ！　き、気のせいじゃないですか？」

ここでも、致命的なミスを犯した。この時点で素直に話していれば……。

「へー、それじゃぁー口のまわりの煤と服に付いているサツマのカケラは何かしらねー？」

「ガーディ！　カインと何を食べたのか教えなさい！」

そこには、燃え上がるオーラを纏いながら問いただすアリスがいた！

それからは、あまり良く覚えていないが、アリスを作業小屋まで案内し、収穫したサツマの山を教えて、人数分のサツマを井戸で洗って、人数分の焼きサツマを作るための落ち葉と薪を集めた。

作業をしていると当然、屋敷の者に見つかり、アリスが説明をする。説明を聞いた者は一様に冷たい視線を二人に向けた。

そして遂には、リディアも騒ぎを聞きつけて現場に駆けつけてきた。当然、リディアも冷たい視線をカインに向けた。なぜかゾクゾクした。

焼きサツマを作るのをロイド料理長が引き継いで焼き上がるまでの間、正座での事情聴取をされてたのだった。

❖❖❖

「カイン、いくら自分で作って〝追熟〟だったかしら？　が終わってから話すとしても、〝嘘〟は、ダメよ」

リディアが苦しんでるカインのオデコを突きながら注意する。

「それに、幸せは皆で分かち合わないとね～」

とても優しい目で微笑みかけてくれるが、カインは足が痺れてそれどころじゃなかった。

「でも、〝追熟〟したらどのくらい味が変わるの、カイン？」

大分溜飲が下がったアリスが質問する。

「このサツマなら、二倍、いえ三倍は甘くなるかと」

足の感覚がほぼなくなり、痛みを超え熱くなり始めた足を見つめながら答えた。

回答と同じタイミングでロイド料理長が焼きサツマを持って、ルーク、ランドルフ、そしてその他の屋敷の者も食堂に入ってくる。

「これは、何事だいリディア？」

ルークが集まっている、全員を見てリディアに問う。

「これから、カインが育てたサツマの試食会をするの。せっかくだから皆でと思って。発案者はアリスよ」

アリスがそれを聞いてデレた。

「まぁ、良いか。皆忙しいんだ、早速食べよう！」

ルークの号令で配られたアツアツの焼きサツマを、半分に割り一口食べた。

「「「「ん！　美味い！」」」」

その後、皆食べ終わるまで一心不乱に食べた、食べ終わると〝ほぉー〟とした表情でしばらく放心していた。

いち早く、復帰したのはリディアだった。

「ランドルフ、このサツマを年越しの会まで厳重に保管する事。そしてまた、皆で食べましょう！」

「わぁ～わぁ～っ」と歓声が上がる。

カインは、皆の喜ぶ顔を見て満足したのか、足の限界がきたせいか、その場で倒れたのだった。

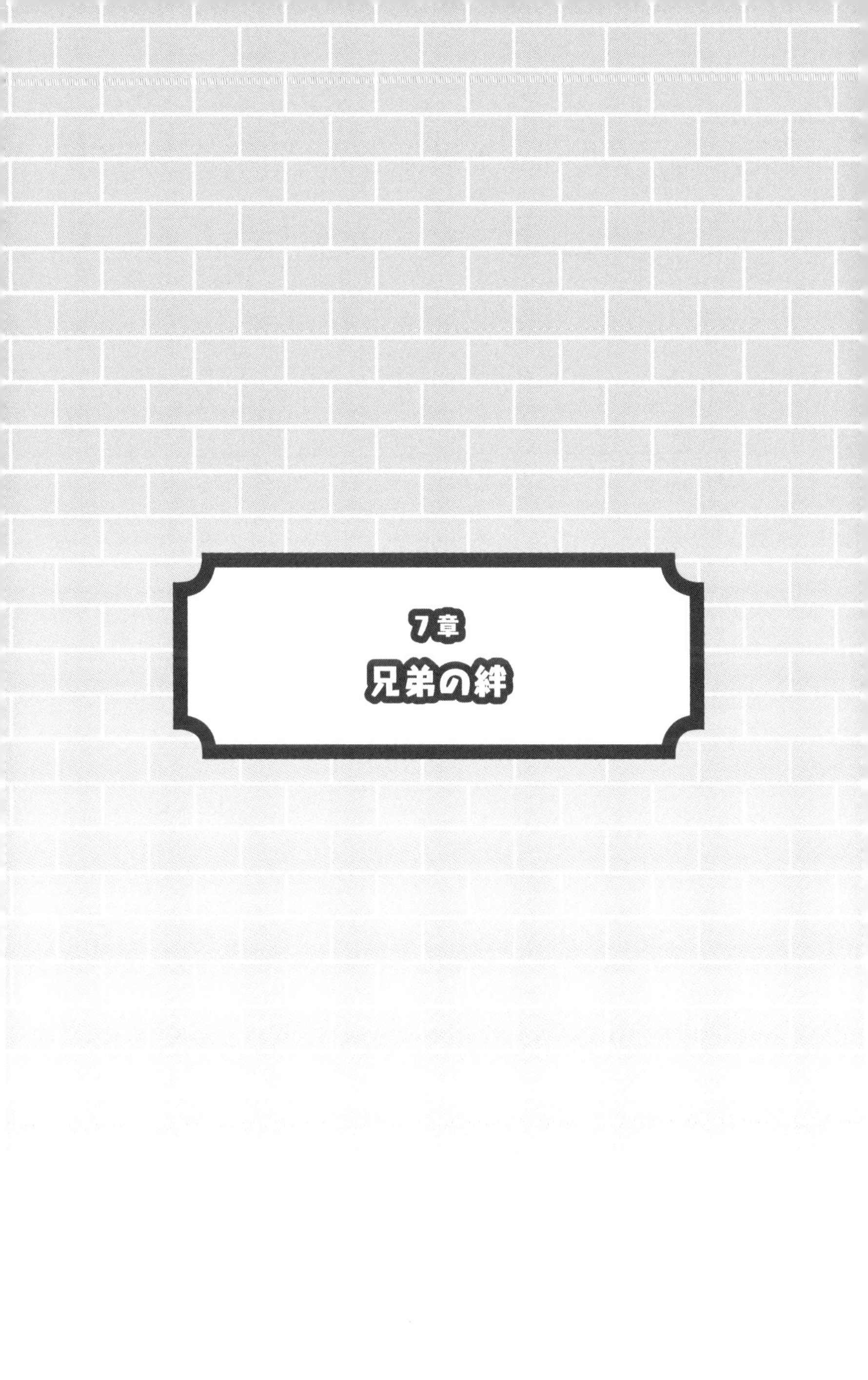

7章
兄弟の絆

サツマ事件から数日、カインはいつも通り訓練場で魔法の訓練をしていた。

「全く、食べ物の恨み？　は、すごいよな。でも、みんなあのサツマを美味しいって食べてくれてたし良かった、良かった」

焼きサツマパーティの後、ルークとランドルフに作付けの仕方などを質問され、種芋からではなく苗を作ってから行うなどを説明した。すぐに方法を文章化して領内に広めると言っていた。来年は美味しいサツマが広まるといいな。

「そろそろ、【土魔法】のレベル上げたいよな。毎日、〝循環〟も【土魔法】も練習しているけどな。少し方法を変えてみようかな？」

カインは、今までのトレーニング方法を振り返っていた。

「【土魔法】は、もう少し複雑な形の物をイメージして作ってみようかな？　後は〝循環〟だけど循環の魔力の塊の数を増やしてみようかな、だめだったらベン兄さまが帰ってきたらちょっと聞いてみよう」

それから、カインは〝循環〟をする時には魔力のかたまりの数を増やして練習をしていた。

◇◇◇

ガザガザと三人の男達が森の中を歩いている。先頭の者は弓を担ぎ周囲を警戒しながら森を進んで行く。その後を左手に盾を持ち剣を腰に差した男と、槍を持った男が側面と後方を警戒しながら付いて行く。

「方向は、こっちで合っているのか？」

剣を持った男が先頭の男に聞く。

「ああ、ギルドの情報からもう少し進むと森が切れて川にぶつかるはずだ」

草をかき分けながら、前を向いたままで先頭の男が答える。

しばらく進むと、水の流れる音が聞こえ始めた。三人は方向が合っていた事がわかり安堵した。音のする方向にまたしばらく進むとギルドの情報通り森が切れ川に出た。

「待て！」

先頭の男が進もうとする後から付いてきている二人を鋭い声で止める。そして川の上流を指さす。

指をさした方向には、子供の背丈ほどの体表が緑の魔物が〝ギャギャッ〟と言いながら川で何かをしていた。

手に木の槍のような物とさびた短剣を持った三体のゴブリンがだった。

三人は、物音を立てずにゴブリンに近づく。そして剣と槍を持った男達が飛び出し水に入り、弓の男が一体のゴブリンに弓を放ち仕留める。二体のゴブリンが倒れるゴブリンを見ている間に剣と槍の男が残り二体のゴブリンに攻撃をして一撃で仕留めた。

「周りを警戒するから二人はゴブリンの解体をしてくれ」

弓の男がそう言い川の向こうの森を警戒する。二人は川からゴブリンを引きずり出し討伐証明の右耳を切り取る。

「まあ、大深森林なんだしゴブリンの二、三頭は普通にいるよな？　ギルドは何を警戒しているんだ？」

剣の男が槍の男に聞く。

「そうだよな？　警戒するなら五、六〇頭の群れになっているならわかるが、この程度ならなぁ」

今倒したゴブリンを見ながら槍の男は答えた。

「こっちに来てくれ」

弓の男が呼んでいた。

「ここに、新しい道がある。それも結構な数が使っているのかほぼ道になりつつある」

見つけたけもの道を指さし説明した。

それから、三人はその道を警戒しながら三〇分ほど進むと驚愕の光景を発見した。そこには草木で作った家らしき物が十数棟と、一〇〇頭くらいのゴブリン達がいた。その中には、上位種のようなゴブリンが数頭のゴブリンに指示を出し獲物の鹿を解体している。

三人は、進んできた道を素早く戻り身を隠せる場所で集まった。

「おい、ギルドの情報より数が多くないか？」

「そうだ、上位種も混ざっていたし、かなり集落として発展しているぞ」

「これは、早めに討伐部隊を結成してあたらないとヤバいな」

三人は口々に感想を述べて現状を整理する。

「まずは、ギルドに報告だ」

弓の男が言うと二人も頷き、来た道を戻ろうとすると二頭のゴブリンが森を歩いているのを見つけた。

剣と槍の男が顔を見合って頷くと走り出す。二人が走る音を聞きつけたゴブリンが二人を見つけるが何もできずに倒される。

「いきなり行動に走るな。周辺にまだいたらどうする⁉」

追いついてきた弓の男が二人を叱責する。

「ゴブリンくらい一〇頭いたって大丈夫だ」

「そうそう」

口々に返答をしてきた。

「その油断が……ちっ言わんこっちゃない」

弓の男が二人に向かって弓を放つ。〝トス〟と音がして二人の後ろに近づいていたゴブリンを仕留めた。

「な、えっ」

剣の男が弓の男と矢の刺さったゴブリンを交互に見た。

「囲まれている、急げ走るぞ！」

弓の男が走ろうとするが複数のゴブリンが現れ行く手を阻む。

「いつの間にこんなに、このくらいなら、どけっ！」

槍の男が囲んでいたゴブリンを槍の鋭い突きで一撃で倒す。

「ぐっ、なぜこんなところに！」

槍の男が弓の男の声のするほうを見ると数頭のオークに攻撃されていた。剣の男のほうを見るとオークとゴブリンに囲まれ苦戦している。

「やばい、固まれ、ぎゃッ」

槍の男が声をかけると肩に矢が深々と刺さっていた。

「何、アーチャーまでいるのか？」

矢が飛んできた方向を槍の男が見ると木の上に歪んだ笑みを浮かべるゴブリンがいた。

男達は、必死の抵抗を試みるが数を増して襲ってくるゴブリンとオークに徐々に押されてついには力尽きた。倒れている男達を上位種のオークが見ながらゴブリン達に何やら指示を出し、ゴブリン達は男達の装備を剥がしていった。

「……【ストーン】」

カインが地面に手をついて呪文名を唱えると、広場までの道が石畳に変わった。

「わぁー」「何度見ても凄い」「ありがとうございます」などと、方々より聞こえてくる。

カインは、笑顔で手を振り応える。

「よし、完了！　ガーディありがとう」

見物人の整理をしてくれていた、ガーディのほうへ振り向いて言った。

「カイン、頑張ってるね」

聞き覚えのある声がしたほうを向くと旅装のベンジャミンが立っていた。

「ベン兄さま、お帰りなさいませ。お一人ですか?」

カインはかなりびっくりしたが、なんとか落ち着いて返事をした。魔法を教えてもらった手前、魔法を使っているところを見られるのは、恥ずかしかった。

「いや、兄上とクリスと一緒だよ」

そう言って向いた方向に、ルークのように体格のガッシリした金髪で短髪の槍を担いだ一八歳くらいの男と、目がリディアに良く似ているルークと同じ金髪に茶が入ったショートカットの髪型の盾を背中に担いでいる一四歳くらいの男子がいた。

「おお、お前がカインか? 大分大きくなったなぁ?」

野太い声で体格のガッシリした、男性が話しかけてきた。

「アーサー兄さまですか?」

「なんだ、覚えてないのか? まあ仕方がないか? そうだ、俺がアーサーだ。で、そっちの細いのが、クリスだ。もう、忘れるなよ」

と言いながらガシガシと頭を撫でてくる。

「やっぱり、僕の事も覚えてないか? 母様に言われてあまり遊べなかったからな」

カインの顔を覗き込むように見て笑う。

「二人共その辺にしないとカインが怖がってますよ」

ベンジャミンが柔らかく諌めた。

「まぁ、屋敷でゆっくり話すとするか？　カインここまでどうやって来たんだ？」

周りに誰かいないかキョロキョロしながらアーサーが聞いてきた。

カインはガーディを呼び、先ほどまで行っていた石畳作りを三人に説明した。そして、もうすぐランドルフが迎えに来る事も。

「へー、凄いな。僕がカインの年の頃は剣しか振ってなかったよ、へー」

クリスがしきりに感心しながらカインと石畳を見比べながら褒める。

「母様からの手紙で知ってたけど、去年魔法の使い方を教えたばかりで……やっぱりカインは面白いね」

ベンジャミンが楽しそうに褒める。

「俺達の弟は、天才か？　それに領民が喜んでるのがいいな。こんなに活気があったか？」

アーサーもカインの行った事を褒める。

道雄の時からあまり褒められ慣れていないカインは、恥ずかしくて、顔が真っ赤になり下を向いた。

「おやおや、お坊ちゃん方。それ以上カイン坊ちゃんを褒めると倒れてしまいますよ」

またも、絶妙なタイミングで現れるランドルフだった。

「「「いい加減、〝坊ちゃん〟はやめて」」」

三人の声がハモる。

「相変わらず、仲がよろしいですね。サンローゼ家は安泰です」

そのやり取りを聞いていた領民から笑いが起こり、三兄弟に向かって「お帰りなさいませ」と声がかけられた。

三人は声をかけたり、手を振って応えている。

「皆様、そろそろお屋敷に戻りますので、あちらの馬車にお乗りください」

ランドルフが馬車を指して乗車を促した。

四人とランドルフが乗り込み、ガーディが御者席に着くと、馬車は屋敷に向かって進む。馬車が屋敷の玄関に着くと、リディアが満面の笑みで三人を迎え、一人ひとり「お帰りなさい」と抱きしめていた。

リディアの歓迎が終わると三人は、アリスを見つけ口々に「可愛い」「綺麗になった」「大人になった」など褒めちぎっていた。アリスはそれを本当に嬉しそうに受け止めていた。

玄関での歓迎が終わり、客間に移動し、ルークに帰宅の挨拶を一人ひとり行なう。ルークも家族が全員揃い嬉しそうだった。

カインは、この家族がより大好きになった。


アーサー、ベンジャミン、クリスが帰って来て、家族が全員揃ったので今夜はいつもより、少しだけ豪華な夕食だった。とは言え、ハンバーグにマカロニサラダ、野菜スープにサツマのデザートだったが、兄達は、「美味い！　美味い！」と楽しんでいた。

夕食後、ルークは三人を執務室に呼び何やら話をするそうで、暇になったカインは書庫で〃勇者様の書〃を読む事にした。

「はー、やっぱり下水道は作りたいなぁ。トイレを水洗にするには必要だし。それに、そのうちに城壁の拡張も、後はお風呂かな？」

カインがぶつぶつと考えながら本を読んでいると、

「カイン、いる？」

書庫の入口からクリスの声が聞こえてきた。

「はい、クリス兄さま。何か御用ですか？」

「おー、いたいた。へー凄いなぁ、もう本を読むんだ！　僕は本を読むのが苦手だったから、書庫なんて滅多に入らなかったよ」

クリスが周りの本を見回しながら近付いて来る。

「カイン、兄さん達が呼んでるから。アーサー兄さんの部屋に行こうか」

「はい、すぐに片付けます」

アーサーの部屋なんて初めて入るかも？　本を棚に戻しクリスの後について、アーサーの部屋の前まで来た。

「アーサー兄さん、カインを呼んできました」

扉の前でクリスがアーサーにお伺いをしていた。

——へえ、兄弟でも勝手に入ったりしないんだ。

仲が良いだけに少し驚いた。

「いいぞ、入れ」

「失礼します」「しつれいします」

カインもクリスに続き入室する。

「クリス、やればできるじゃないか。いつも礼儀正しくしていれば、教官に怒鳴られずに済むのにな」

「カインの前で言わないでください」

その言葉でアーサーとベンジャミンが笑っていた。

――やっぱり、仲が良いね。

「カイン、良く来た。少し男だけで話をしたくて呼んだんだ。まだ早いかと思ったが、ベンジャミンが大丈夫だと言うから」

ベンジャミンがそれを聞いて頷いている。

「カインは、我が家が子爵家だとすでに理解できているな？」

カインが頷いているのを見てアーサーが続ける。

「我が家は、カインを含めて男子が四人だ。率直に聞くがカインは嫡男になりたいか？」

いきなりとんでもない事を聞いてきた！　カインはびっくりしたが落ち着いて答える。

「いいえ、望みません。領内の発展のため、アーサー兄さまを少しでもご助力できれば、それ以上は望みません」

「ほら、言ってた通りでしょう？」

ベンジャミンは予想が当たって嬉しそうに言った。

「なぜ、お前達は揃って同じ答えなんだ？」

「だって、父様を見てると毎日書類に囲まれて大変そうだし。どこにも行けなくてつまらなそうじゃない？」

クリスがぶっちゃけるとベンジャミンもカインも「そう、そう」と頷いた。そして、みんなで笑った。

「まあいい、カインも加わったから改めて頼む。俺は兄弟全員を養えるように、このサンローゼ家を豊かにしたい。力を貸してくれ」

アーサーはそう言って頭を下げた。ベンジャミンとクリスは、立ち上がって「御意」と答えたので、カインも慌ててそれにならい、立ち上がって「御意」と答えた。

「さて、堅苦しいのはここまでだ。今夜は、兄弟で領内の発展とそれぞれの近況について話そう。特に彼女とかな」

アーサーが少し悪そうな笑みを浮かべながら、どこからか飲み物と食べ物を出してきた。

それから、話が盛り上がりかなり遅くまで起きていたので次の日の朝練は寝坊してしまった。たまには、こんな事もいいね。と思うカインだった。

その頃、大深森林では。
ギャギャ、ブヒブヒと魔物達の声がそこかしこに響いていたが、まだ領都からは遠く誰も脅威が近付いている事に気付いていなかった。

朝練は寝坊してできなかったが、朝食の時間にはきちんと起きられた。アーサーとクリスは、朝食にも寝坊しリディアに小言を言われていた。

朝食後、カインはベンジャミンに訓練場で【魔力操作】について教わっていた。

「ベン兄さま、【魔力操作】のレベルを上げたくて色々試しているんですけど、うまくいかなくて。教えてもらえないですか？」

「うん、良いよ。何ができなく困っているの？　何がわからなくて教えてほしいの？」

「はい、今〝循環〟させる魔力の塊を二つにして行っているのですが、〝循環〟をしている間にくっついてしまいます」

「へー、面白い事をやってるね、ちょっと見せて？」

カインは「はい」と返事をして〝循環〟を始めた。最初は距離を保って回っていた魔力の塊が次第に近付いていてくっついてしまった。

「この訓練の目的は何？　複数の魔力の塊を動かす事？　それとも別々に操作する事？　どちらにせよ、まずはどちらか片方に集中した方が良いよ」

「えっ、そうか両方一度にするから大変なんだ！　最初は複数の魔力を動かす事にします。二つの魔力の塊を作って、距離を固定して〝循環〟っと」

カインは暫くの間、二つの魔力の塊を少し間を開けて二両に連結した電車のようにぐるぐると動かした。

「やった！　できた！」

うんうん、とベンジャミンが頷いていた。

ベンジャミンとカインが仲良く訓練をしていると突然「カンカンカン、カンカンカン」と城壁の見張り台の警鐘が鳴らされた。

「なんですかこれは？　ベン兄さま？」

「カインは初めてかい？　これは、大深森林から魔物が近づいて来る時に鳴らされる鐘だよ。屋敷に戻ろう」

二人して屋敷の中に入るとクリスが走ってくる。

「ベン兄さん、父様が会議室に集合って言ってたよ」

ベンジャミンは頷いて会議室に向かう。「カインも」と言われ付いていった。会議室には、ルーク、リディアを始め、サンローゼ家の主要メンバーが集まっていた。

「騎士団長アーガイル、報告せよ」

ルークが騎士団長に指示を出した。

「は、本日定期の見回りを行なっている隊より、狼煙にて緊急を告げる連絡がありました。内容は、魔物、五〇〇体以上、三時間です」

これは、後で教えてもらったのだが、大深森林を見回り、危険を少しでも早く伝えるために作られた手段で、驚異の対象、数、領都迄の距離を色で表し知らせるとの事。

「何！　五〇〇体だと！　間違いないのか？」

「はい、複数人で確認を行いましたが、間違いありません」

「今、実働できる兵士の数は？」

「約三〇〇であります。予備兵も含めて三五〇かと」

「一・五倍強か……」

ルークが考え込む。

「父様！　顔を上げてください、なに、一人二体を倒せば良いのです。大した事ありませぬ」

アーサーが自信に満ち溢れた態度でルークを鼓舞する。その言葉を聞いて皆の気持ちが上がった。

「そうだな、過去の戦いでは、これ以上に悪い時もあった。この程度、皆でこの危機を乗り越えるぞ！」

ルークが宣言すると、皆の士気が上がった。

その後、ルークは騎士団長とランドルフと色々と打ち合わせをし、指示を次々に出していく。

最後の指示を出し終え、子供達のところへ来る。

「お前達は、リディアやアリス、領民を頼むぞ！」

「何を言っているのですか？　総大将は、指揮をするために父様はお残りください。このような時のために、学院や王都騎士団に行かせてもらっているのです。一〇騎ほどで遊撃を行いたいと思います。いきなり隊列に入っても連携がとれませんので」

「わかった、アーガイル！　三番隊にアーサー達を組み込んでくれ。お前達、無理はするなよ。ベンジャミン、カインを頼む」

「はい、畏まりました」

え、俺も戦場に出ていいの？

「ベンジャミン、待ちなさい。なぜカインが戦場に出なければならないの！」

リディアが少しパニックになりながらベンジャミンを問いただす。

「母様、説明しますのでこちらに。ランドルフすまない、カインに鎧をつけてあげてくれる？」

「畏まりました。さあ、カイン坊ちゃん時間がありません。急ぎますよ」

ランドルフは、カインを抱えて会議を出て行った。

「母様、まず落ち着いてください。これは、父様から依頼されていた事なのです」

ベンジャミンがリディアをなだめながら説明をする。

「お気付きかと思いますが、カインは〝洗礼の儀〟の後から少し変わったように思います。何かしらのスキルのせいか、知識が増えたせいか、かなり大人びています」

リディアも思い当たるのか黙って話を聞いている。

「その反面、自分の事を俯瞰し見ているように感じます。だから、魔法を暴発させても魔法を習おうとするのです。普通一〇歳にも満たない子供が、いくら好奇心があっても両手にポーションを使わなければ治らないほどの怪我をして、痛みを感じたら魔法から遠ざかります」

ベンジャミンはそのような学院生を何人も知っているとつけ加えた。

「なので、父様は私達の滞在中にカインに〝命の危険〟を体験させて、自分を守る事を教えてほしいと言われました。父様では、甘やかしてしまい無理だとも」

「でも、なぜ今なのです。危険すぎます」

「危険すぎるからこそです。戦いに参加させず終わったら、何も感じず〝このくらい大した事ない〟と考えてしまうのです。私達の誰かが死んだりしない限り」

リディアが息を飲む。

「安心してください。私達三人は大丈夫です。それにカインもしっかり守ってみせます。ただし、ギリギリまでの危険を体験させますので、帰って来たら優しくしてあげてください」

ベンジャミンは、〝パチリ〟とウィンクをした。

リディアは覚悟を決めたのか、いつものリディアに戻り、静かに礼をしながら、

「全員無事に帰って来るのですよ、ご武運を」

とベンジャミンを見送った。

その頃、カインはランドルフに皮鎧を着せてもらっていた。子供用なのか体にフィットしていい感じだったが、かなり臭いがした。

「ねえ、ランドルフ？　これ誰のお下がり？　凄く臭うよ！」

「どなたのだったでしょうか？　臭いくらいご辛抱ください。死ぬよりましです」

「カイン、準備はいいか？」

アーサー達がフル装備で立っていた。アーサーは、フルプレートの鎧に槍を担ぎ、ベンジャミンは、皮でできた黒いローブ、クリスはハーフプレート鎧に剣と盾を持っていた。

「良くお似合いですよ、坊ちゃん達」

「「だから、〝坊ちゃん〟は止めて」」

またもハモり、場を和ませる。

「くれぐれもお気をつけて、ご武運を」

「おう」「ありがとう」「大丈夫」

三人が口ぐちに答えた。

それから四人は、三番隊の隊長であるウェインのところに向かった。城壁の門の前に準備を整えた兵士達が集まっていた。それぞれ、装備の点検や連携を確認している。少し離れたところにウェイン隊長はいた。

「遅くなりすみません、ウェイン隊長」

アーサーが謝って頭を下げていた。

「おやめください、アーサー様」

ウェイン隊長が慌てて、止めに入る。

「軍隊において隊長は絶対です。我等はただの一兵としてお使いください。ただ、父の前でも言いましたが、訓練にも参加していませんので部隊との連携が行えないと思いますので、我らを殿に配置願います」

隊全体から「えっ⁉」と声が上がった。

殿は、遊撃隊の中で先頭に次ぐ二番目に危険で重要場所である。殿は敵の味方への追撃を防がなければならないし、敵もそこを崩そうとするとても危険な場所である。そこを志願してくるなんてと思うのは当たり前である。

「お役に立ちます故、お願い致します」

アーサーは、そう言うと再び頭を下げた。

「わかりました。活躍を期待しています。いや、活躍を期待している。馬は乗れるな？　騎士団の馬を使うように。三番隊、騎乗して待機」

ウェインが三番隊の全員に騎乗を指示し、待機させる。

アーサー達は、騎士団の馬番のところで三頭の馬を借り受け騎乗した。カインは、まだ馬に乗れないためベンジャミンと一緒に乗る。カインは、落ちないようにベンジャミンとベルトで繋がれていた。

「カイン、〝循環〟を絶対に切らさないように。今朝行っていた複数の魔力の塊を〝循環〟させる方法で一〇個くらい〝循環〟をさせるんだ。できるだろ？」

また、難題をさらっと言うなと思いながらカインは、指示通りに始める。魔力の塊を作るのに少し苦労したが、連結した電車をイメージしたら〝循環〟はスムーズにできた。

「戦闘では、呪文が間に合わなければ、〝放出〟を使用して攻撃するんだ。良いね」

「はい、兄さま達が怪我されたら、僕が治しますね」

「調子に乗るな！　お前のように一度も戦いを経験していない者は、自分の身を守る事と仲間の邪魔にならない事をまず第一に考えろ。余裕があれば、私の指示通りに動くように！　返事は！」

「はい！」

――そんなに怒鳴らなくても、魔物って言ってもゴブリンやオークくらいでしょう？　ようやくレベルが上げられるね。

アーガイル騎士団長が兵士達を前に号令をかける。

「聞け！　これより、総員城門より出て大深森林側の城壁の前にくさび型に展開をする。初手は城壁上から弓隊が掃射、その後騎馬隊で突撃、一度攻撃をした後、Uターンして敵を引き連れて戻る。歩兵各隊は密集形態で敵を受け止めろ。いいか、二人で一体に当たれ。騎士道精神は、魔物には必要ない。負傷したらすぐに後ろに下がれ、こんな程度の事で死ぬ事は領主ルーク様への不義と思え。良いか、絶対に死ぬな！　行くぞ！」

「「「うぉー！　うぉー！」」」

全兵士が雄叫びを上げた。

「開門！」

アーガイル騎士団長の号令と共に城門が開かれ、騎士団長を先頭に大深森林側の城壁に進む。

カインは、ベンジャミンと馬に二人乗りをしているため、前が良く見えなかった。しかし、気持ちが高ぶってくるのを感じた。しばらくすると、大深森林側の城壁に着き、隊列を組んだ。遊撃隊の三番隊は、右端の位置にて待機となった。

「カイン、突撃が始まったら右側の魔物に【攻撃魔法】を当てろ。倒さなくていい。魔法を当てて進行を止めるだけでいいい。あとは、後ろにいる兄上かクリスが仕留める。いいかい、仕留めなくていい〝進行を止めろ〟」

ベンジャミンから今までに感じた事のない、〝怒気〟を漂わせてカインに指示を出した。

「は、はい！」

カインは、怒気に当てられて、返事しかできなかった。

〝カンカンカンカン〟

「敵が見えたぞ！　前方五〇〇m森の淵だ」

城壁の鐘と共に前方に魔物が現れた。ゴブリンがうじゃうじゃとこちらに近づいてくる。

「何かがおかしい、ゴブリンがなぜ並んでこちらに近付いてくるんだ？　上位種がいるぞ！　捜せっ！」

周りの隊長から警戒の声が上がる。

「ゴブリンだけじゃない、オークだ、オークがいるぞ！」

ゴブリンの後ろに、二m近い人型の魔物がぼんやりと見えた。ゴブリンとオークの混成の魔物達は、騎士団の手前約三〇〇m地点で一度止まった。この距離になるとゴブリンとオークの不気味な声が聞こえてくる。

カインがベンジャミンの後ろからなんとか体を動かし前方を見ると、ゴブリンとオークが見えた。

――おお、ファンタジーだ！　オークってイメージより大きいな。〝ドクドクドク〟あれっ？　心臓の音が大きく聞こえる。

「総員、戦闘態勢!!　各隊長は、魔物の中の上位種を捜し最優先に討伐せよ！」

アーガイル騎士団長からの檄が飛ぶ。

〝ギャギャー〟〝ブヒブヒー〟と魔物達が叫びながら走り出した。魔物達との距離が二〇〇mになると城壁上から数十の矢が放たれ山なりの軌道を描き魔物達を襲う。うまく急所に当たり十数体は地に倒れるが、魔物の数が多い為、勢いが止まらない。

「騎馬隊！　突撃！」

アーガイル騎士団長のかけ声で、二〇騎ほどの騎馬隊が突撃を行う。そして騎馬隊と魔物達がぶつかる。魔物の断末魔の叫び声と騎馬の足音が混ざり物凄い騒音が辺りに響き渡る。そして、騎馬隊がUターンしてきた。その騎馬隊を追って魔物達が迫ってくる。騎馬隊が歩兵隊の間を抜けていき、追ってきた魔物達の先頭が歩兵部隊に迫る。

「総員、突撃！」

アーガイル騎士団長の再びのかけ声で、騎士団全体が「ウォー！　ワァアー！」と物凄い騒音と共に突撃を開始した。

――なっ、なんだこれ!?　これがリアル！

さっきから心臓の音や周りの騒音が物凄い音になってカインを襲っていた。

「カイン、しっかりしろ！　そろそろ、私達も突撃を開始する。〝循環〟を絶対に止めるなよ!!」

ベンジャミンが手を後ろに回しカインの背中を叩き、檄を飛ばす。

「ハ、は、はい」

ベンジャミンの檄により騒音が鳴り止み、カインは少しだけ落ち着きを取り戻し、指示通りに〝循環〟を始めた。

――パニックになっちゃ駄目だ、パニックになったら死ぬ。小さな事から始めるんだ！

道雄時代にミスをしてパニックになりそうな時に、いつも問題を小さな問題に分けて対応し問題解決した事を思い出した。少し落ち着きを取り戻すと〝循環〟がスムーズになり、それに伴い視界も広がって周りが見えてくる。

「三番隊、行くぞ！　我に続け‼」

ウェイン隊長のかけ声と共に三番隊が突撃を開始し、ベンジャミンとカインの乗る馬も走り出した。

「ベンジャミン殿、前方に【攻撃魔法】を！」

ベンジャミンは、指示とほぼ同時に、【攻撃魔法】を放ち、三番隊が突撃をする先の魔物達の動きを止めた。その直後にウェイン隊長が突撃をして魔物達の塊を切り裂いていく。

カインは、物凄い揺れる馬上から右側の魔物達に向かい【ストーンバレット】を〝循環〟で威力を拡大し連続で放つ。一〇個分の〝循環〟を使い切ると同時くらいに魔物の群れを抜けた。すぐに三番隊はUターンを開始する。カインは、再度一〇個分の〝循環〟を開始し使える状態にする。

――うわぁぁぁぁぁぁぁぁぁ、なんだこれは！　気持ち悪い、吐きそうだ。こんなリアルは求めてない！

吐きそうになるのを必死に堪えながら、カインは〝循環〟、【ストーンバレット】を繰り返していた。

三度目の突撃を終了し、三番隊が戦闘から少し離れた位置で集まる。

「総員、状態を確認せよ」

ウェイン隊長が指示を出した。

「カイン、大丈夫かい？」

右側から誰かが声をかけてきた。

「うわぁーーー【ストーンバレット】！」

「馬鹿野郎！　あぶねぇじゃないか！」

声の主は、カインをひっぱたいた。

「えっ？　クリス兄さま？」

そこには、土埃や魔物の体液にまみれたクリスが傍にいた。

「もう、初陣だから仕方がないけど兄に向かって魔法はないだろうに。落ち着いたかい？」

クリスがカインの頭を撫でていた。しかし、その腕からは血が流れていた。

「クリス兄さま、怪我を、怪我をされたのですか？」

「攻撃を受け損ねてね。このくらい止血をしておけば大丈夫」

「大丈夫じゃないです、今治します……【ヒール】。これで傷は塞がりました？」

「おっ、カインは【回復魔法】が使えるんだったね、まだ魔力持ちそうかな？　そうだ、ウェイン隊長、怪我人を集めてください」

それから、カインは三番隊の怪我人を【回復魔法】で癒した。重症の隊員が三名いたが、カインの【回復魔法】のおかげで一命は取り止められた。しかし、戦闘には戻せそうになく、ウェイン隊長は二名を護衛に付けて後衛部隊に戻した。

「これからどうしますか？　ウェイン隊長。もう戦場は乱戦となっていて、騎馬での突撃は味方を巻き込みます。我らも別隊と同じで上位種を捜しに行きましょうか？」

「待て、アーサー殿。一度アーガイル騎士団長に合流し指示を受ける。それにベンジャミン殿達の魔力の回復が必要だ。全員騎乗、戻るぞ」

ウェイン隊は、アーガイル騎士団長のところに向かった。戦場は味方とゴブリン達が乱戦を繰り返しているが、訓練の成果が出ているようで騎士団が押していた。ただ、一部の隊がオークと戦いを始めていて苦戦しているようだった。

「団長、ウェイン隊戻りました。次の指示をお願いします」

「良く戻った。被害は？」

アーガイル騎士団長へ戦果と状況をウェイン隊長が報告している。アーガイル騎士団長の本陣には、まだ魔物達が迫っていないため、戦闘が行われていないが負傷兵が次々と運ばれてきており、手当てをされていた。

「ベン兄さま、ベルトを外してください。あの人達に【回復魔法】をかけさせてください」

負傷で手当てを受けている二〇人ほどの兵士達を見つめて、カインはベンジャミンに懇願する。

「わかった、私も行こう。しかしまだ魔力は大丈夫なのか？」

カインの状態を見極めようと真剣な目で見つめるベンジャミンだった。

「大丈夫です、魔力はまだまだ、大量にあります」

カインも同じく真剣な目で見つめ返しながら答えた。

「よし、行こう」

カインとベンジャミンは、負傷兵のところへ走って行く。負傷兵達は、止血や傷薬などで怪我の手

当てをしていた。中にはかなり重症を負っている兵士達もいるが手当てが間に合っていないようであった。

「時間がないので、まとめていきます」

カインは、〝循環〟をいつもの二倍の魔力の塊で行い、次々と【エリアヒール】をかけていった。

【エリアヒール】がかかると負傷兵達の傷が塞がっていき、立ち上がれるまでに回復した。

「ふう、なんとか間に合った、他に怪我している人はいないですか。【回復魔法】をかけるので僕の周りに集まってください！」

カインが呼びかけると、少し離れて休んでいた負傷兵が仲間に背負われながら集まってきた。カインが休みなく【回復魔法】を使った事により、この場で命の危険がある負傷兵はいなくなった。

「カイン、大丈夫かい？　無理はしない。そろそろ兄上達のところへ戻るよ」

カインは、「はい」と返事をしてベンジャミンに付いてアーサー達のところに戻った。カインは、ふとリノールからのメッセージを思い出していた。

――カインもこの【回復魔法】を使って他の人を救ってあげてね。

カインがアーサー達のところに戻ると作戦会議を終えてカイン達を待っていた。

「負傷兵の回復感謝する、カイン殿、これから隊を再編しオークどもの殲滅を開始する。後退のラッパを鳴らせ」

アーガイル騎士団長の指示により後退のラッパが鳴らされて、騎士団が戻ってくる。

「いいか、これからが本番だ！　あのオークどもを全力で殲滅せよ！　上位種は必ず小隊単位で当たれ！　突撃!!」

アーガイル騎士団長の再度のかけ声と共に騎士団が突撃を開始した。

カインは、アーサー、クリス、ベンジャミンと三番隊の二名の兵士と小隊を組み〝突撃〟を行う。

初手はベンジャミンとカインの【攻撃魔法】で先制しアーサーとクリスが切り込む。そのフォローを二名の兵士が行い次々とオークを倒していった。

アーサー達で一〇数体のオークを倒した時に、中央の戦場で叫び声が上がった。

「オークナイトがいる、一般兵は下がれ!!　各隊長、副隊長だけ戦闘に参加しろ！」

〝ブウォー〟とカイン達の前方から咆哮を上げて黒い体表の一回り大きなオークが向かって来ていた。

三番隊の兵士から「なんでオークナイトが複数いるんだ！」と声が上がった。

そうしている間に、オークナイトがクリスに近づき手に持っていた剣で攻撃をする。クリスはなんとか盾で受け止めるが、攻撃が重いのか体勢を崩してしまう。次の攻撃をオークナイトが開始する寸前に、アーサーが槍で攻撃を加えた。オークナイトは、クリスへの攻撃を止めてアーサーの槍の攻撃を避けた。

――やばい、あの黒いオークは、素人の俺でもやばい感じがする。さっきから首筋が〝ゾクゾク〟しっぱなしだ。アーサー兄さまとクリス兄さまだけじゃ倒せない。

カインは、目の前で起こっている戦闘を見て立ちすくんでしまう。アーサー達の戦闘を呆然と見ていると、頭を誰かに叩かれた。

「カインしっかりしろ、魔法で援護をするんだ」

ベンジャミンの拳が指示と共に飛んで来た。

——そうだ、今はできる事をするんだ！

「はい、ベン兄さま！」

しかし、いざ援護と言っても戦闘のスピードが速すぎてカインでは、【攻撃魔法】を当てられそうもなかった。

アーサー達は、拙いながらも連携し、三番隊の兵士達と代わる代わるオークナイトの注意を引いたり、攻撃をしたりと少しずつダメージを与えているが、有効打は与えられず、焦り始めていた。

逆にオークナイトは、次第にアーサー達の攻撃に慣れてきたのか、段々と攻撃が当たり始めていた。

ベンジャミンも他のオークへの攻撃が手いっぱいで、オークナイトへの攻撃ができてなかった。

——まずい、やばい、このままでは倒せない。できる事を考えるんだ。

カインは、気ばかり焦り何もできずに、ただただアーサー達を見ているだけになってしまった。

〝ブウォーッ〟棒立ちになっていたカインに向かっていつの間にか近づいていたオークが叫び声と共に攻撃をしてきた。

「あっ」カインは、反射的に目を閉じてしまい、死を覚悟した。

〝ガン〟と大きな音が近くで鳴り目を開けると、クリスが盾でカイン狙ったオークの攻撃を受け止めていた。

「戦闘中に目を閉じるなんて自殺行為だよ、カイン？」

「く、クリス兄さま！　ありっ」

カインがクリスに礼を述べようとした瞬間、〝ザシュッ〟と後ろを向いて隙ができたクリスの背中を袈裟懸けにオークナイトが切り付けた。

「「クリス（殿）！」」

兄弟達のクリスの名を呼ぶ声が重なる。クリスはゆっくりと前のめりに倒れて、背中から大量の血が吹き出てきた。

「うわぁー！」

カインは、目の前で起きた事に耐え切れず大声を上げた。そして、周りがスローモーションになりゆっくりと自分が後ろに倒れる。オークがカインに再び攻撃をしてくるのが目に入った。

ゆっくり動く世界でカインは、両手のひらをオークに向け準備していた〝循環〟の魔力の塊を全弾〝放出〟した。

その直後、時間が普通に戻った。オークはカインの魔力弾を受けて上半身が吹き飛んだ。

クリスが切られた事により発狂しそうになったカインをベンジャミンの声が繋ぎ止めた。

「まだ間に合う、【回復魔法】だ、カイン!!」

カインは膨大な魔力を使って詠唱をせずに【ヒール】と唱えた。

目が眩む程の光がクリスを包み込んで戦場を広がっていった。光が収まると傷が完全に塞がり、体中が発光しているクリスが立っていた。アーサー達は一瞬その状況に驚愕し動きを止めてしまった。

オークナイトが再度立ったままのクリスに切りかかった。

「クリス！」

アーサーが呼ぶ。クリスがオークナイトを見て一瞬ブレたように見えたと思ったら、オークナイトの首が身体から離れ、残った残骸が地面に倒れた。

「あれっ？　オークナイトが倒れてる？」

クリスが呆けた声を出した。

「馬鹿野郎、オークナイトを倒したからって、また呆けているとやられるぞ。一気に残りを片づけるんだ！」

アーサーの叫び声により、ベンジャミン、クリス、近くの兵士達が周辺のオーク達に総攻撃を仕かけていった。それから二〇分も立たないうちに戦闘が終了した。

「ウォーーーー！」「やったぞー！」「勝ったんだー!!」

そこかしこから歓声が上がる。

「総員、被害状況を報告。負傷者の救護に当たれ！　また、周辺の魔物に再度止めをさすのを忘れるな！」

アーガイル騎士団長からの指示が飛ぶ。カインは、クリスと周囲を走りながら負傷者に【ヒール】や【エリアヒール】を掛けて回り回復させていった。後日聞いた話だが、クリスを回復させた光で戦場の負傷兵はほぼ回復していたそうだ。

各隊が状況を確認し、アーガイル騎士団長に報告を行なった。

「皆、聞け！　これにて全戦闘を終了する。重傷者五名、負傷者一三五名、死者は〝ゼロ〟だ！　よくやった貴様ら!!　全員生き残ったぞ!!」

「うぉぉぉぉぉぉぉーーーーー！」

騎士団全員が死者〝ゼロ〟に沸き立った。

「良かったぁ、良かったようぉ」

カインは、鼻水を流しながら泣いていた。アーサーがそんなカインの頭をグリグリと撫でていた。

今回、大深森林から襲ってきた魔物は全部で五一三体で、ゴブリンが三八〇体、オーク一三〇体、オークナイト三体であった。オークナイトが三体いたものの、ゴブリンの指揮個体がいなかったのが不可解であり、今後も見回りを強化する事がその日の会議で決定した。

領都は、騎士団の死者が〝ゼロ〟だった事と年越しに向けて大量のオーク肉が手に入った事で盛り上がっていた。領民達の声援を騎士団と受けながら、屋敷へと続く本通りを進みアーサー、ベンジャミン、クリス、カインのサンローゼ四兄弟は、揃って屋敷に戻り生還を報告した。

「「「「只今、戻りました」」」」

エピローグ

気が付くとカインは、戦場に立っていた。周りにはアーサー達もおらず、兵士達がオーク達と戦っていた。〝ブウォーッ〟とオークの咆哮がするほうを見るとオークナイトがカインに向かって剣を振り下ろしている。

「うわぁぁぁぁぁぁぁぁ！　……はっ」

カインは、叫び声と共にベッドから起き上がった。

「はぁはぁはぁ、全くトラウマになりそうだよ」

先ほどの出来事が夢だとわかり、愚痴をつぶやきながらベッドに再び倒れた。

〝ビギッ〟ベッドに倒れた瞬間身体中が言い表せないくらいの痛みを発した。

――何、これ⁇　もしかして筋肉痛⁉　あり得ない！　痛すぎだよ。

身体を動かそうとする度に激痛が走った。

――【ヒール】をかけよう！

〝ズキッ〟今度は、違う種類の痛みが身体の内側に走った。

――今度は、何！　魔法を使おうとして痛みが走ったから、【魔力操作】を行うと痛むの？　これは、終わった……この状態から動く事も何もできない……誰か気付いてぇー！

そんな二重の痛みに絶望しているうちに、また眠りに落ち誰かが部屋の扉を叩いていたが、カインには聞こえなかった。

「カイン、入るよー」

アリスがゆっくり扉を開けて中を覗き込む。

「まだ寝てるのね。リディア母様もゆっくり休ませてあげなさいって言ってたし」

アリスは、うつぶせのまま眠っている？　カインの寝顔を見ながら話しかけた。

「まったく、無理はしちゃダメとあれだけ言われてたのに。頑張り過ぎだぞ。目が覚めたらいっぱい褒めてあげるからね」

アリスはカインのほっぺや髪を突っついたり、撫でたりして一通り遊んで部屋を静かに出て行った。


数時間後、カインはパンの焼ける香ばしい匂いを感じた。

「あぁーいい匂いだぁー。お腹空いたなぁ」と思った瞬間！　〝ギュー〟とお腹が鳴り、物凄い飢餓感を感じカインは目が覚めた。

――お、お腹が空いた、誰かなんでもいい食べさせて！

ベッドから体を起こす。先ほどの激痛に比べるとましだが、まだ身体中が痛く、それでも空腹のほうが強く起き上がった。

カインは、厨房の扉を開けながら懇願した。

「ロイドぉー、何か食べさせてぇー」

「おはようございます、カイン坊ちゃん、今用意しますから、あちらでお待ちください。しかし兄弟揃って仲が良いですねー」

ロイド料理長が、厨房の隅のテーブルを見る。

テーブルでは、アーサー、ベンジャミン、クリスが正に食べ物を貪り食べていた。

「丸一日何も食べてないですから、まずは体力回復特製スープから召し上がってください」

ロイド料理長は、とても澄んだ黄金色のスープをカインの前に出した。

「いただきます！　ふーーふー……」

ゴックンと飲み込む。とても優しい塩加減で、それでいて濃厚な鶏の旨味が口いっぱいに広がった。

「美味しいぃぃぃ！」

夢中になって全部飲み干して、フゥーと息をついた。

「さあ、パン粥とハンバーグですよ。良く噛んで食べないとお腹が痛くなりますからねー」

意味深な笑顔を浮かべながら、ロイドはカインの前に皿を並べた。

カインは先ほどのスープで余計に食欲を刺激され、スプーンでハンバーグをすくって食べた。

「んー、おふしい！」

口にハンバーグを詰め込んだまま、叫ぶ。

「お行儀が悪い。良く噛んで食べるようにって言いましたよね、カイン坊ちゃん！　それに残したら許しませんからね」

ロイド料理長が両手に包丁を持って、声を低くして注意をしてくる。

もぐもぐもぐもぐもぐ、ごっくん。

「はい、ごめんなさい」

「アーサー坊ちゃん達もわかりましたか？　ん？」

「「はい、大丈夫です」」

「カイン、体調は大丈夫かい？　どこか悪いところとかうまく動かせないところとかあるかい？」

ベンジャミンがカインの体調を心配そうに聞いてた。

「はい、起きた時から身体中に痛みがあります。それも二種類、多分ですが筋肉痛と魔力痛？　でしょうか」

「僕と同じだね、カイン。僕も今まで経験した事がないくらいの筋肉痛だよ。何が原因だろう？」

クリスが筋肉痛に顔を歪めながら、不思議そうに首をかしげていた。

——ぜったい、あの時の動きのせいだ。

クリス以外の三人は、オークナイトを倒した時の動きを思い出していた。

「カインも魔力痛かい？　私も今回は【魔力枯渇】を二回も起こしたから少しでも魔力を使おうとすると激痛が起きるよ。魔力痛は、段々収まってくるけど少しずつでも魔力を〝循環〟させたほうが治りが早いよ。でもとっても痛いけどね」

ベンジャミンがいつもの少し黒い笑顔をのぞかせながら、魔力痛について教えてくれた。

「アーサー兄さんは、大丈夫なの？」

クリスが、会話に入ってこないアーサーに話を振った。

「何、このくらいの筋肉痛や怪我は騎士団の演習ではいつもの事だ。よく団長が筋肉痛を超えるとより強い筋肉がついて強くなれると言われていて、限界を超えろが口癖だ」

——わぁー、その団長絶対脳筋だよ。大丈夫かその騎士団？

そう思い、カインは絶対騎士団に入るのを止めようと誓った。

「あら、誰も部屋にいないと思ったら、こんなところでご飯を食べていたなんて」

リディアが、厨房に入ってきて兄弟仲良くご飯を食べている姿を見て言った。

「奥様、すみません。坊ちゃん達に少しでも早く召し上がってもらいたくてここで」

「気にしなくても良いですよ。この子達がここで食べ始めてしまったのでしょう？　みんな、あまり心配をかけさせないでね。待っている母親の事も少しは考えてほしいわ」

「「「「ごめんなさい、母様（かあさま）」」」」

兄弟はそろって、頭を下げた。

「お、なんだ全員こんなところにいたのか。食堂で食べていれば探さずに済んだものを」

ルークも厨房に入ってきた。

「ロイド、リディアの分と二つ香茶を貰えるか？」

リディアの分の香茶を頼みながら、テーブルに着く。

「俺も良く、ここで食べたなぁ。食堂でポツンと一人で食べるより落ち着くんだよな」

ルークが昔を懐かしむように、厨房を見渡しながらつぶやく。

「それよりも、アーサー、ベンジャミン、クリス、カイン。今回は本当に良くやった。戦果もすごいが、お前達一人一人の成長を見れて嬉しかった。カイン、初陣の勝利おめでとう。良く乗り切った、成長のためと思って送り出したが無事に戻って本当に良かった」

ルークは息子達を順番に見ながら嬉しそうに戦闘の感想を語った。

「クリスは、良くカインを守ったし、アーサーとの連携も素晴らしかった。ベンジャミンも本当にカ

インを守りながら、周りを良く注意し助力し素晴らしかった。最後に、アーサー、腕を上げたな。オークナイトとの戦いは素晴らしかった。それに加え指揮力も目を見張るものがあった。父親として
お前達を息子に持ち誇りに思う」

ルークに褒められ、四兄弟はとても良い顔をしていた。

「もう、私をのけ者にしてこんなところにいるなんて！」

アリスが厨房に入ってきた。自然とみんなに笑みがあふれて笑いあっていた。

カインは、この家族の幸せがずっと続く事を心の底から願った。

——ガーディア様、どうか家族全員が幸せでありますように。

《了》

特別収録
ベンジャミンの初恋

王都魔法士学院の研究室と繋がっている私室でベンジャミンが旅の支度を行っている。サンローゼ家の財政はあまり余裕がなく、貴族の子女であるが領地までの移動は乗合馬車だ。そのため、あまり多くの荷物を持っていけないので荷造りに奮闘をしている。

「ふー、困ったな意外と荷物が多い……どうするか……やっぱり時間つぶしの本を少し減らそう」

ベンジャミンは、まだ旅用の背負い袋を中心に広がっている床の上の荷物を見て呟いた。

ベンジャミンが持っていくのをあきらめた本を本棚にしまっていると、扉をノックする音が聞こえ、入室の許可を求める声が聞こえた。

「ベンジャミン様、アンでございます」

ベンジャミンは、開錠の呪文を唱える。

「アン、鍵を開けたから入って来てくれ」

鍵が開く音がするとアンは「失礼します」と言いながら研究室に入ってきた。研究室のスペースを通り、扉は開いているがベンジャミンの私室の前で一度立ち止まる。

アンは、アップにした金髪と茶色の目をした三〇代の女性で研究室付きのベテランメイドだ。ベンジャミンの研究室と私室の掃除や買い物などを行っている。

「ベンジャミン様、戻りました。ご要望の魔石をお持ちしました……まだ、荷造りは終わられていないんですね？　ご出発は明日でしたよね？」

部屋中に広がっている荷物を見て少し呆れ声でアンがつぶやく。

「まだ終わってない。久しぶりの帰省だからあれもこれもと考えていたら荷物が多くなってしまってね。困ったよ」

ベンジャミンも広がった荷物を眺めため息をつきながら、アンから魔石を受け取った。

「こう荷造りが大変だと帰省を止めたくなるね」

「そうですか？　アンにはとても楽しまれているように見受けられますが？」

「そうかい？」

ベンジャミンは首を傾げならアンを見る。

「はい。本当に困っている方は、そんな笑顔で荷造りなどしませんから。ベンジャミン様もご家族との再会は嬉しいのですね。それとも誰か特別な人がいらっしゃるのかしら？」

「うん？　最後の言葉の意味は良くわからなかったけど。そうだね、久しぶりに妹と弟に会えるのは楽しみかな？　二年も会っていないから大分大きくなっているだろうなぁ」

最後に会ったアリスとカインの姿を思い出して笑顔になる。

「荷造りや他に買い出しの必要な物を思い出されましたら、いつものベルでお呼びください」

そう言うとアンは、静かに一礼して部屋を出て行った。

アンが出て行った後もベンジャミンは荷造りを続け、数時間後ようやく終了した。

「なんとか、終わったね。この時期の移動は寒いから、厚めのコートにしないとね」

ベンジャミンは移動の旅装を準備のために部屋の隅のクローゼットに向かい、冬用のローブとコートを取り出す。丈の長いローブを取り出すとクローゼットの隅に置いてあった文書箱が目に入った。

文書箱の蓋を開きピンク色の押し花を取り出す。

「お姉ちゃん、カインは無事に洗礼の儀を受けたってよ。魔法のスキルを授かったみたいで、【魔力操作】を教えに行くんだ。会うのが今から楽しみだよ」

ベンジャミンは、そう呟きながらあの日の事を思い出していた。

あの日は、朝から屋敷中が騒がしかった。父親のルークに第二婦人が輿入れしてくるため、出迎えの準備に屋敷中が大わらわだったのだ。そんな他の人々を横目に見ながらベンジャミンは、一人書庫に向かっていた。昨日見つけた魔術の本を読むためだ。

書庫に入るといつも通り紙と皮の匂いがして、扉を開けているのに外の騒がしさが嘘のように静かだった。ベンジャミンは、魔術の本が収まっている本棚に向かい目的の本を取り出し読み始めた。

「やっと、静かに読書ができる。誰かが来るだけで我が家は少し騒ぎすぎだよね。まあ、滅多に来ないから慣れていないのかもしれないけど。父様の第二婦人ってどんな人なのかな？　僕にはあまり関係ないけど、静かな人だったらいいなぁ」

ベンジャミンは、今日来る第二婦人の事を少しだけ考えた後、読書に没頭する。

「ベンジャミン様、ベンジャミン様、〝ベンジャミン様！！！〟」

三回目の叫びに近い呼び出しで、ベンジャミンは自分を呼んでいる声に気づいた。

「えっ？　は、はい。何？」

　読書に集中しすぎて自分を呼ぶ声にようやく気づいたベンジャミンは、首を左右に振り自分を呼んでいるランドルフに気づいた。

「どうしたのランドルフ？　そんな大きな声で」

「やっと、気づいていただけましたか。リノール様がもうすぐ到着されます。応接室にお集まりください」

「もう？　到着はお昼過ぎじゃなかった？」

「はい、もうお昼過ぎです。メイドが昼食をお知らせに来たはずですが、やはり気づいてなかったのですね。ルーク様もリディア様もすでに応接室でお待ちです。お急ぎください」

　ベンジャミンは、ランドルフに案内され応接室に向かった。ランドルフが応接室のドアをノックし扉を開けると、正装したルークとリディア、そしてアーサーとクリフがいた。

「ベンジャミン。また、読書に集中していたの？　今日はリノールが来るからって朝食の時に言っておいたのに。ベンジャミンの読書好きは、誰に似たのかしら？」

　ふぅっとため息をつきながら、リディアがつぶやく。

「まぁ、良いじゃないか。間に合ったのだし。ベンジャミン、アーサーの隣に立ちなさい」

　ルークがリディアをなだめながら、ベンジャミンに指示を出す。

　ベンジャミンは、言われた通りにアーサーの隣に移動する。リディアに叱られているベンジャミンを見てアーサーとクリスがニヤニヤしていたが、無視することにした。ベンジャミンが所定の位置について、服装を少し整えていると応接室の扉がノックされランドルフがリノールの到着を告げた。いつも通りルークの入室の許可を出す声で、開かれる扉のほうを見る。

扉が開かれると、そこには緩やかなウェーブがかかったセミロングの明るい茶色の髪と翡翠のようなきれいなグリーンの目をした小柄な女性が立っていた。その女性は、入室の前にとてもきれいな一礼を行った後に静かに応接室のソファーの横まで移動した。

「お初にお目にかかります、サンローゼ閣下。ミストール男爵家三女リノール＝ミストールと申します。どうか末永くお願いいいたします」

その女性は、小鳥が鳴くような小さな声でリノールと名乗った。

ベンジャミンは、時間がとてもゆっくり流れ全ての音が消え、リノールの声と自分の心臓の大きな音だけが響いている事に気づいた。不思議に思う一方で、なぜかリノールから目を離すことができず、この不思議な現象を解明できないまま、ただただリノールを見つめていた。

時間が元に戻ったのは、ルークが家族を紹介し始め、アーサーが自己紹介を終えベンジャミンの名前を呼ばれた時だった。

「は、はい。次男のベンジャミン＝サンローゼです。五歳です。よろしくお願いします」

「ベンジャミンは、少し前に〝洗礼の儀〟を終えたばかりだ。すでに文字も読むことができ、一日の大半を書庫で過ごしている。もう少し外で身体を鍛えろと言っているのだが」

ルークの追加情報に少しいら立ちを覚えてイライラした。

「まぁ、五歳で本が読めるのは凄いですね。私も本を読むのが大好きなので、良かったら今度一緒に本を読みませんか？　ベンジャミン様？」

「はい。お、お願いします」

自分の名前を呼んでくれた事、リノールが自分と同じで本を読む事が好きな事が重なり嬉しさのあまり少し飛び上がってしまった。そして、ありえないほど顔が熱くなっているのを感じていた。

そんな奇怪な行動をとっても静かに微笑んでいるリノールが輝いて見えるほどだった。その後、クリス、ランドルフやメイド長、料理長の自己紹介が終わると、夕食会まで解散となった。ベンジャミンは自室に戻るとベッドの上に大の字になり、リノールの入室から退室までを思い出していた。

——なんで、あの人から目を離せなかったのか？　なぜ、こんなに心臓がドキドキしている？

ベンジャミンは自分に起きている不思議な現象に自問しリノールの事で頭が一杯になっている幸福感に浸っていた。そして何度目かのリフレインの後、静かに眠りに落ちた。

❖❖❖

リノールがサンローゼ家に来て二か月が経っていた。季節は夏の初めに移り木々の緑が濃くなり始めていた。サンローゼ領は、少し北にある為、夏も二七、八度までたまに三〇度になる程度で南から来たリノールにとっては過ごしやすいと言っていた。

最初のうちはリノールを見るだけで心臓がドキドキし近づく事もできないベンジャミンだったが、近頃は、遠くからリノールの姿を盗み見たり、わざと屋敷の中でリノールと出会えるように行動したりと少しずつ会話もできるようになっていた。

ベンジャミン自身、それが初恋とも気づいておらず、ただリノールを見かけ言葉を交わすだけで幸せだったので続けていた。そのベンジャミンの行動を屋敷の人々は、とても暖かく見守っていた。屋敷の中でそれに気づいていないのは、当事者のリノール、ルーク、アーサーとクリスだけだった。リディアは、可愛い息子の初恋を優しく見守りながら、ほんのちょっと楽しんでいた。

ちなみに、リディアとリノールの関係だがとても良好だ。貴族社会でも第一夫人と第二婦人では、あまり関係が良くなかったりするのだが、リディアとリノールの間には当てはまらない。そもそも、リノールの輿入れは、リディアが決めてきた。

ミストール家はリディアの母アイシャの妹が嫁いだ家で、リディアとリノールは従妹の関係になる。リノールは小さい頃から身体が弱く、気候の良いシールズ家に療養に来ていたため、リディアは実の妹のように可愛がっていた。

リノールの身体の弱さは、大人になっても変わらず社交界にもデビューできなかった。そのため二〇歳を過ぎても実家で過ごしていた。リディアがシールズ家に里帰りをした際に再会し、事情を知ったリディアがリノールに人並みの幸せをと願い縁談を纏めたのだった。

ほぼ日課になりつつある、リノールとの遭遇に備え廊下の曲がり角で待機しているベンジャミン。

今日もメイドを連れて廊下をリノールが歩いてくる。近頃、リノール付きのメイドはこの遭遇時にはベンジャミンとリノールの会話を邪魔しないように少し距離を開ける配慮までするようになっていた。

「こんにちわ、リノールさん」

ベンジャミンは深呼吸をして、廊下の角から歩み出ながら努めて偶然を装いながら声をかける。

「はい、こんにちは。ベンジャミン様今日も読書ですか？」

「うん、これから書庫で昨日の続きを読む予定です」

「毎日凄いですね、そうだ今日は私の部屋で一緒に読書をしませんか？　昨日料理長にいただいた焼き菓子があるのです。いかがですか？」

「えっ？　はい、えっと。お邪魔でなければ」

「うふふ。私からお誘いしたのですから、邪魔なんて事はありませんよ。それでは準備ができたらお声をおかけします。書庫へお迎えに行けば良いですか？」

リノールは、後ろに控えていたメイドにお茶の準備とお迎えを指示した。そしてベンジャミンに「では、楽しみにしています」と声をかけて部屋に戻って行った。

ベンジャミンは、リノールを見送りながらこれから起きる事を妄想し（一緒にお菓子を食べて、本を読むだけなのだが）いつもより心臓のドキドキが二倍くらいになっていた。ゆうに一〇分くらいその場で妄想を続けた後、書庫へ走って移動した。

ベンジャミンは書庫に到着後、今読んでいる本を本棚から急いで取り出し読書机に広げると、迎えを今か今かと待っていた。その間にもどんどん心臓の鼓動は速くなっていき、顔も真っ赤になってきていた。迎えに来たらすぐ気づけるように、読書はせずチラチラ扉を見ては、本を読んでいる振りを続けていた。

「ベンジャミン様、お迎えに参りました」

リノール付きのメイドの声が聞こえた瞬間、ベンジャミンは本を手に持って扉に向かった。

「お待たせ、行こうか」

ベンジャミンが本を持って書庫から出ようとすると、メイドの手が行く手を遮る。

「申し訳ございません、書庫からの本の持ち出しはご遠慮ください」

「そんなっ！　一緒に本を読むって約束したんだよ！　本がなければ一緒に読めないじゃないか！」

必死に本の必要性をメイドに訴える。それでもメイドは首を縦には振らない。ベンジャミンが絶望に心が沈みそうになっていると、メイドより救いの言葉が伝えられた。

「それでは、リノール様のお持ちのご本を一緒に読まれてはいかがでしょうか？」

その一言が暗闇に沈みかけたベンジャミンの心を救った。満面の笑みを浮かべ意気揚々とリノールの部屋にスキップをしそうなほど軽やかな足取りで向かった。リノールの部屋の前に着くと三回大きく深呼吸をして心を落ち着かせて、ノックをした。

「リノールさん、ベンジャミンです」

直ぐに、部屋の中から「どうぞ」と返答があり扉が開かれた。扉の正面で眩しいほどの笑顔でベンジャミンを出迎えるリノールが立っていた。

「この度は、お招きいただきありがとうございます」

ベンジャミンもリノールに負けないほどの笑顔で返答をする。

「ベンジャミン様は、五歳なのに凄いですね。ご挨拶も大人のようにでき、本も読める、いつか生まれる私の子供達もベンジャミン様のように育つ事を祈りますわ」

リノールはとても慈愛のこもった笑顔を浮かべた。

「さ、一緒に読書をしましょうか。ぜひ私が好きな本をご紹介したいのですが良いでしょうか」

「はい、お願いします。どんな本なのかとても楽しみです」

「嬉しいですわ、この本には挿絵もあるので隣に座られて一緒に読みませんか？　さっこちらに」

リノールは、自室の長いソファーをベンジャミンに勧めた。ベンジャミンは、言われるままにソファーに腰をかける。その隣に、ほぼ身体が接触するくらい近くにリノールが座った。

〝ドックン〟

ベンジャミンは自分の心臓が跳ね上がるのがわかった。そのまま心臓が一六ビートを刻み始める。

リノールからは、リディアとは異なるとても良い香りが漂ってくる。甘いような、それでいてとても爽やかな気分になる心から心地良い香りだった。

「ベンジャミン様、お顔が少し赤いですが？　体調がすぐれないのですか？」

リディアがベンジャミンの顔を覗き込んできた。反射的に後ろに下がろうとした、しかしソファーの背もたれに阻まれ下がれなかった。リノールの手がベンジャミンの頬に触れた。

——冷たくて気持ちいい。

ベンジャミンは、またも時間がゆっくり流れる不思議な現象を感じながら頬に触れられたリノールの手の気持ちよさに浸っていた。しかし、今日のベンジャミンの幸運はそれだけでは終わらなかった。リノールの顔が近づき次の瞬間、おでこに〝こつん〟と小さな衝撃があり、リノールのおでこが接触した。

「少し熱があるような気がしますが？　えっ、べ、ベンジャミン様？　大丈夫ですか？」

ベンジャミンは、おでこが接触した数秒後、気が遠くなりとても幸せそうな笑顔をしながら気を失った。

❖❖❖

「うーん、あれ、ここどこだ？」

目を覚ましたベンジャミンだが、いつもの天井ではなくここがどこだかわからなく混乱した。

「あ、ベンジャミン様。目を覚まされたのですね、急に倒れられたからびっくりしました」

リノールがベンジャミンの顔を天井から見下ろすように覗き込んだ。

――えっ？　ええええ！　僕はどこで寝ているんだ？

ゆっくり体を起こすとそこはソファーの上で、どうやら膝枕をされていた事に気づく。

「ごめんなさい、ごめんなさい、僕は、僕は何を⁇」

「落ち着いてください、膝枕ぐらいいつでもして差し上げますから。それにちょっとだけ嬉しかったです。ベンジャミン様の素敵な笑顔を見られましたし、少しだけベンジャミン様と打ち解けたように感じました」

リノールは、「うふふ」とはにかみながら微笑んだ。

「ベンジャミン様、喉は乾いていませんか？　お茶にしません？　私、小腹がすいてしまって」

「はい」

リノールの優しい気遣いを感じながら、用意されたお茶とお菓子を食べた。お茶はいつもサンローゼ家で飲んでいるお茶よりも香りが良く、少し苦みがあった。用意された甘めのお菓子がとても美味しく感じた。

リノールとベンジャミンは、それからリノールの育ったミストール領の話や好きな食べ物の話、サンローゼ領の冬の過ごし方など色々な話をした。

「リノールさん、今度」

「ベンジャミン様、私の事は〝リノール〟とお呼びください」

「いえ、そんな事はできません。リノールさんは、父様の第二婦人ですし。でも僕はなんとなく、お義母様とは呼べなくて」

少し苦しそうにしながら、ベンジャミンは心の内を吐き出す。

「リディアお姉さまに甘え輿入れしてしまいましたが、ベンジャミン様達に苦痛を与えてしまっていたのですね。ごめんなさい」

「ち、違うのです！　ただ、ただ、大好きなリノールさんの事を「お義母様」と呼ぼうとすると胸が、胸の奥が痛くて」

ベンジャミンは、辛い心の内をリノールに明かした。

「そうですよね、大好きなリディアお姉さまを差し置いて、私を「お義母様」などと。本当にごめんなさい」

部屋に控えていたメイド達は「あーあ」と心の中だけでつぶやく。ベンジャミンは自分がリノールに恋をしている事に気づいていないし、リノールはベンジャミンが自分に好意を抱いている事に全く気づいていない。これは後で「奥様にご相談しないと」とメイド達は互いにアイコンタクトをした。

互いに下を向きながら苦しそうにしていた二人だったが、リノールがおもむろに手を叩く。

「ベンジャミン様、公の場ではだめでしょうが二人だけの時は、私の事を「お姉ちゃん」とお呼びください。どうでしょう？　まだ苦痛ですか？」

「お姉ちゃん？　お姉ちゃん、お姉ちゃん！　うん、とってもいい感じだよ〝お姉ちゃん〟」

ベンジャミンも心のつかえが取れて、晴れ晴れした笑顔を浮かべた。

「それじゃ、お姉ちゃんも僕をベンジャミンと、ううん、ベンと呼んでください」

「わかったわ、ベン君」

互いの呼び名を決めた二人は、いつの間にか互いの手を握りながら喜んでいた。それ以降二人は、三日に一回は、読書を一緒にするという理由をつけてお茶会を行っていた。数か月もすると二人は姉弟のように仲が良くなっていた。ベンジャミンの気持ちを知っている屋敷の使用人達は、これはこれでベンジャミンが幸せそうなので温かく見守っていた。

❖❖❖

しかし、それは突然訪れる。それもベンジャミンにとってとてもつらい方法で。リノールの懐妊がわかったのだ。リノールは、二、三週間前から体調を崩し部屋で療養していたがここ最近になって、食事をしても戻してしまう事が続き、教会で見てもらったところ懐妊がわかったのだ。屋敷の者は、ルークを始めとても喜んだ。ベンジャミンも一生懸命懐妊を祝おうとした。しかし、できなかった。祝おうと思っただけで、心が締めつけられるように痛くなった。

そして、ついにベンジャミンは、自分のリノールに抱いている気持ちは〝恋〟だと気づいた。初めての失恋は、ベンジャミンにとってダメージが大きく食事が食べられなくなったり、何もする気がなくなってしまったりと見守っている者達が見ていられないくらいのものだった。

ベンジャミンは目が覚めたものの、何かをする気力が起きず朝食も取らずベッドで寝ていると、扉をノックもせずにリディアが部屋に入ってきた。

「ベンジャミン＝サンローゼ!!　いったい、いつまでグジュグジュとゴブリンのように寝ている！起きろ！」

リディアは、そう言うとメイド達に部屋のカーテンと窓を全開にするように命じ、自分はベンジャミンをベッドから言葉通り引きずり出した。それでも、ベンジャミンがうつろな目をしてぐったりしていると、リディアは両方の頬を平手打ちする。

「急に何をするのです、痛いじゃないですか！」

ベンジャミンは、頭がぐらんぐらんするほどの平手打ちをしたリディアに文句を言った。

「よし！　ようやく目が覚めたようね。ベンジャミン良く聞きなさい、初恋が失恋に終わりさぞかしショックだったでしょう。そんな事、あなたが生まれ、これから生きていく貴族社会では日常茶飯事よ。しっかりしなさい！　貴族の男子であるなら、実らなかった恋をいつまでも引きずっているのではなく、それでも好きな相手を見守るくらいの度量をつけなさい！」

そばで聞いている、メイド達は「リディア様、まだ五歳のベンジャミン様にそれは御無体な」と思いながら二人を見守っていた。

ベンジャミンはしばらく呆然とリディアを見つめていたが、しばらくするとリディアの言葉が一つ一つ心に突き刺さってきた。そして、大きく深呼吸をして「はい」と大きく返事をした。

リディアは優しく微笑み、そっとベンジャミンを抱きしめ耳元で囁く。

「良くできました。それでこそ私の息子。でも辛かったでしょう、今日だけは我慢せず泣きなさい」

ベンジャミンは、リディアの胸の中ですべての辛かったことを吐き出すように泣き出した。

「お姉ちゃん、ベンジャミンです。お加減いかがですか？」

ベンジャミンは、あの後、しばらく泣き続けたのちリノールの部屋の扉をノックしていた。

扉が静かに開くと、メイドがベンジャミンをベッドの横まで案内した。ベッドには体調がすぐれないのか青白い顔をしたリノールが横になっていた。

「ごめんね、ベン君。今日は、つわりがひどくて起き上がれないの。せっかく来てくれたのに」

しゃべるのも辛そうにしながら、リノールはベンジャミンに謝罪した。

「ううん、僕こそ今までお祝いを言えずごめんね。お姉ちゃん元気な赤ちゃんを産んでね。僕が兄として守るから」

ベンジャミンは、笑顔でリノールに言った。

「ありがとう。本当にありがとう。ベン君に守ってもらえるなら安心だね。つわりが収まったらまたお茶会をしようね」

「うん」とベンジャミンは答え、そっとリノールの手を握った。

ベンジャミンは、懐かしくも切ない初恋と失恋を思い出して恥ずかしさに一人クローゼットの前で悶えていた。そして、手に取って眺めていた押し花を文書箱に丁寧に戻しふたを閉めた。

《特別収録／ベンジャミンの初恋・了》

あとがき

初めまして。こんにちは、布袋三郎です。

この度は、「異世界領地改革　～土魔法で始める公共事業～」をお手に取っていただき、大変ありがとうございます。


この度、一二三書房様のご厚意で「小説家になろう」で連載させて頂いている「異世界領地改革～土魔法で始める公共事業～」を本にしていただける機会を頂きました。

主人公カインが現代知識と魔法を使い、家族の為、領民の為。便利な道具、美味しい料理や道の整備などを頑張る物語になっています。

読者の皆様の気持ちがほんの少しでも、主人公カインと一緒にほんわかとなっていただければとても幸せです。


この本には、「小説になろう」版では無かった、イシバシヨウスケ様の素敵なイラストが付いています！　私のつたない文章では伝わらなかった、カインやベンジャミンが生き生きと描かれています。

ラフ画を頂いた時から描かれたキャラが動く姿が目に浮かび、物語がどんどん浮かんで来るほどでした。素敵なイラストを描いて頂きありがとうございます。

この場を借りて御礼申し上げます。

最後に、書籍化のご提案、書籍化について数々のご指摘やアドバイスを惜しみなく授けて頂いた、ご担当E様本当にありがとうございます。もし叶うなら、今後もご指導いただければ幸いです。

そして、一二三書房の皆々様、印刷のご担当者様、書店までの流通を担っていただいた皆様、書店でこの本を並べて頂いた皆様に深く御礼申し上げます。

最後の最後に、このあとがきを読んでいただいているあなたに。

本作品を最後まで読んでいただいたあなたに。

最上級の謝辞を申し上げます。ありがとうございます！！！！

布袋三郎

異世界領地改革
～土魔法で始める公共事業～

発行
2020年8月12日 初版第一刷発行

著者
布袋三郎

発行人
長谷川 洋

発行・発売
株式会社一二三書房
〒101-0003 東京都千代田区一ツ橋2-4-3 光文恒産ビル
03-3265-1881

デザイン
erika

印刷
中央精版印刷株式会社

作品の感想、ファンレターをお待ちしております。

〒101-0003 東京都千代田区一ツ橋2-4-3 光文恒産ビル
株式会社一二三書房
布袋三郎 先生／イシバシヨウスケ 先生

乱丁・落丁本は、ご面倒ですが小社までご送付ください。

送料小社負担にてお取り替え致します。但し、古書店で本書を購入されている場合はお取り替えできません。

本書の無断複製（コピー）は、著作権上の例外を除き、禁じられています。

価格はカバーに表示されています。

©Saburou Hotei

Printed in japan, ISBN 978-4-89199-658-1
※本書は小説投稿サイト「小説家になろう」（http://syosetu.com/）に
掲載された作品を加筆修正し書籍化したものです。